PEDRO GONZÁLEZ MUNNÉ

CIÉNAGA DE LA ANGUSTIA

EDITORIAL LETRA VIVA
CORAL GABLES, LA FLORIDA

ISBN: 0-976-2070-2-8
ISBN-13: 978-0976207023

Printed in the United States of America

A LOS MÍOS

INTRODUCCIÓN

Este libro contiene artículos publicados en el tabloide *La Nación Cubana*, desde Abril de 1999 a
2002.

Este libro recoge además dos artículos publicados
por la prensa cubana a raíz de los acontecimientos
con el secuestro en Miami del niño Elián González,
Ciénaga de la Angustia y *Primavera de Odio*.

Como periodista y escritor, Pedro González
Munné fue una figura controversial, desde que en
su natal Pinar del Río, Cuba, fundara en la década
de los 60 con un grupo de amigos el movimiento de
Talleres Literarios, fuente de la desaparecida Bri-
gada *Hermanos Saíz*, de escritores y artistas jóvenes.

Sin ser nunca miembro de ningún partido político
en su isla natal, aun cuando de la afiliación política dependía la posibilidad de realizar estudios uni-
versitarios, se graduó de Periodismo en 1974 en la
Universidad de La Habana,

En su labor profesional e intelectual acumuló diferentes reconocimientos, como los premios nacionales *Primero de Enero* de Historia (1978) con el
libro *Soldados del Pueblo*, el *Juan Manuel Már-
quez* (1986) de reportaje en televisión y el *Sol de
Cuba* (1986) del Instituto de Turismo, también para la televisión.

Fue uno de los más jóvenes periodistas *Vanguar-
dias Nacionales* (1985) del Sindicato de Trabajadores de la Cultura de Cuba y desde su trabajo como

reportero de provincia, llegó a ser analista internacional en el sistema de televisión del país y Corresponsal de Guerra en Vietnam y Camboya (1987).

En las purgas a la prensa cubana a principios de los años 90 fue expulsado de su trabajo y de todas las organizaciones sociales y profesionales a las que pertenecía, emigrando en 1991 a los Estados Unidos.

Vetado por la gran prensa de Miami que ha cerrado sus páginas a muchos otros periodistas cubanos, creó el tabloide *La Nación Cubana (LNC)*.

En los Estados Unidos como inmigrante, ha realizado diferentes trabajos, entre ellos el espacio radial *Dominio Público* (1998) en la programación de *Radio Progreso* y fue editor de las revistas *Player* y *Aboard* y profesor de escuelas locales de educación superior, entre otros.

ÍNDICE

Libro Segundo

PEDRO GONZÁLEZ MUNNÉ

TEOLOGÍA DE LA MENTIRA

Una de las medias verdades a que se somete todo estudiante de periodismo es el afamado concepto de *libertad de prensa*. La tan traída libertad de expresión se reduce, en la inmensa mayoría de las veces, en obedecer a quien te paga y eso tampoco, pues corrientemente se trata de un jefe inmediato superior o con suficiente miedo a perder el puesto para como ser inferior a la decisión a tomar.

En el caso de quienes aprendemos el periodismo en un país socialista, sobre todo en los tiempos modernos, siempre nos queda la duda, si verdaderamente hacemos lo que tenemos o sencillamente hasta donde podemos, quedando siempre aquel regusto de si no llegamos hasta donde pudiéramos.

Sin retruécanos o historias, la verdad se encuentra cuando uno llega al verdadero país *de la libertad de expresión*. Libertad de escribir o elaborar lo que te piden y quedar siempre bien con los anunciantes, pues te quedas sin trabajo y tener apellido de "conflictivo" es suficiente para quedar en la lista negra de los sin-nombre, o sin trabajo.

Por supuesto que influyen los otros detalles, como la edad, pues si tienes más de 50 ya no eres un "instrumento" con mucho por producir, además de que importan más los títulos "americanos" –de universidades norteamericanas- que los de otras partes del mundo, aunque uno trate de trabajar en un periódico hispano –latino pero suena diferente, más *asimilable*.

Los mitos de cerca se ven a su tamaño normal, y sobre todo huelen. Diría yo que apestan cuando uno ve las entretelas de periódicos vendidos y cobrados como puesto de fritas, depreciados día a día por mal pagados *escribidores* –la frase no es mía–, reducidos a *rellenadores* de los espacios libres que dejan los anuncios-nuestros-de-cada-día.

En su propia oficina, bajo las innumerables fotos de sus encuentros y sonrisas con gente famosa, uno de los arquitectos de la ignominia del embargo a Cuba, Jorge Mas Canosa, me aseguró en plena guerra contra *The Miami Herald* que controlaría al periódico en la forma en que mejor sabía: invirtiendo en la corporación *Knight-Ryder*, dueña de decenas de periódicos y a través de esa influencia lo haría en el periódico –por cierto el calificativo *escribidores* a los mismos periodistas que rebajó a esa categoría y hoy lo ensalzan, es de él.

Prudentemente dejé pasar su propuesta de ser uno de los editores de *El Nuevo Herald*. Aún en mis primeras entrevistas con el personaje, me pareció lo más prudente, pero eso es otra historia.

Hoy en día libelo más amarillo no puede concebirse ni en los originarios a finales del siglo pasado, precisamente calificados así por su color y las mentiras sobre la Guerra de Independencia cubana contra el poder colonialista español.

El influjo nefasto de una generación de cipayos, enraizada en el sur de la Florida y enriquecida con el flujo de dinero federal destinado a la subversión y los ataques contra Cuba, del lavado de fondos provenientes de la droga, de la estafa y la malversación de fondos públicos que han convertido la vida en el sur de la Florida en una pesadilla para sus habitantes, es hoy reflejo del miedo y la manipulación de la prensa local.

Los noticieros de radio y televisión se repiten uno a otro los temas de una industria político-informativa –calificada no sin razón por el comentarista radial Francisco González-Aruca, de industria del mal-, sin que nunca aparezca un comentario disidente o una voz discordante, en entrevistas o sencillos comentarios del periodista.

He visto a colegas demorarse horas buscando una foto o un plano de televisión favorable a una manifestación de cuatro gatos, o desechar opiniones que no se enmarquen en el criterio establecido de quienes controlan el poder económico en la comunidad.

TIEMPO DE CAMBIO

Ayer tuve un sueño. Tres carabelas desarboladas surcaban el océano y en medio de la noche, desmesurada e insondable, enfocaban hacia las luces de Miami. Sin saber cómo, los atónitos marineros ponían pies en la ciudad dormida, deslumbrados y atónitos ante el traqueteante *Metrorail* y los tentáculos de la autopista asfixiando a los edificios.

Un reguero de luces rojas y azules los detuvo con un sonido feroz que provocó un relucir de sevillanas y apresuramiento de espadas: *"Hey Dudes, get out of the street, you're blocking the traffic!"*.

Entonces el Almirante se adelantó al grupo, ajustó sus ripios y encaró al monstruo y su jinete: *"Venimos de España, de un viaje de miles de leguas..."*. El policía sonrió y mientras desaparecía en medio de un huracán multicolor se le escuchó decir: *"Coño, turistas..."*

Tal vez las reglas no consideren correcto comenzar un Editorial con historias, pero se necesita soñar despierto para aventurar nuestro futuro siglo XXI, en un estado multiétnico como la Florida, concentrada en su diversidad en el cálido sur, mientras que la escasa tierra cultivable robada al *Gran Río de Hierba*, aloja en el norte a una comunidad totalmente diferente.

Digo multiétnico porque aunque los hispanoparlantes somos la mayoría, no son todos los que están. Decenas de miles de haitianos, eslavos y asiáticos se asientan hoy en la Florida, sobre todo en el territorio comúnmente conocido como Miami, donde coexisten decenas de ciudades y repartos.

Esta Torre de Babel desmesurada que persigue cada centímetro libre entre los pantanos y el mar, es el faro que atrae a miles de luciérnagas que hoy alimentan al Estado, pues los visitantes aportan 37 billones de dólares anuales, siendo la primera industria de la Florida.

Claro, esto no es coser y cobrar, muchos preferirían vivir en un lugar más tranquilo, sin la constante música de fondo de sirenas de policías y ambulancias, sin aglomeraciones, ni tantos acentos diferentes que hacen necesario *hablar "spanglish", "patuá", "papiamento", "pindín"* y hasta inglés, en contadas ocasiones.

Pero esa diversidad nos alimenta y fertiliza la economía del Estado. Abre las puertas además al comercio con las Américas Latinas, unos 370 millones de hispanohablantes y brasileños que ven en Miami, o la Florida, la puerta a los Estados Unidos y a sus maravillas.

Nuestra revista *Florida Player* se evoluciona para ajustarse esa realidad diversa como todo lo que pretende sobrevivir en el mundo de hoy. Ya no sólo nos enfocamos al juego, sino a la industria del entretenimiento en general, como los hoteles, espectáculos y servicios relacionados con el turismo.

Estamos en Internet hace dos meses (WWW. FloridaPlayer.Com), comienzan a aparecer artículos en inglés y español, hay nuevas secciones como Cohíba (el tabaco en voz india cubana) y Destinos Turísticos: con Aruba, Puerto Rico y ahora Panamá. El crecimiento seguirá, pero sin saltos desmesurados.

Esta edición se hizo en la nación del Istmo donde cruza el canal que une los dos océanos, punto clave en el desarrollo económico del continente, pues los Estados Unidos siempre han puesto algo más que los ojos y la bolsa en Panamá. Allí abrimos nuestra primera oficina en el exterior y la distribución de la revista comienza ahora.

La revista se vende y la distribución se hace con un objetivo más definido: llegar a los puntos álgidos de la economía y la política del Estado. Nuestro próximo paso será convertirnos en una Editorial, con dos nuevos periódicos electrónicos para enfrentar el reto de los mercados al sur y más tarde planeamos incursionar en la radio local.

No son sólo planes, nuestra visa para un sueño la hemos tenido todos los americanos, llámese *Mayflower*, carabelas de Colón, galeras vikingas de Leif Ericsson o sencillamente las caravanas indígenas cruzando el estrecho de *Bering*.

A mi modesto entender el problema no es discutir quién llegó primero, o si saben mejor los frijoles negros, las tortillas de maíz o el *"beef and potatoes"* sino quién cree las raíces para mantenerse en una tierra ligera como la Florida, plena en huracanes y manantiales.

Termino con mi sueño, con el Almirante, grande en su ripio salitroso y hermoso en su locura que satisfecho de su encuentro con el policía, regresa a la marinería abrumada por las emociones de la noche: *"¡Vive Dios, que si saben recibir a los extranjeros en esta tierra!"*

Publicado en Florida Player, Noviembre de 1997

EL EXILIO TIENE DOS CARAS

Es corriente para muchos cubanos hoy refugiarse en los clásicos, tal vez por aquello de contemplarnos en el espejo de la historia. Los exilios pueden ser un espejo de dos caras, uno para la isla y otro para afuera, pero en ambos seguimos siendo los mismos, por más caretas que nos proponga el tiempo.

El llevado y traído poeta decía "la Patria es ara y no pedestal", pero en nuestros tiempos de nómadas la dispersión cultiva los egos, el tiempo suaviza lápidas, acolchona recuerdos, enmarca sueños en ventanas, borra palabras de la memoria, desorienta nuestras brújulas, nos hace ver molinos como gigantes inabarcables.

Las casas cubanas en tierra firme se convierten en úteros de *horror vacui*, amontonamientos sinfín de objetos para protegernos de un ambiente extraño, donde no nos acunan los vientos alisios. Vivimos confinados en aires recondenados de máquinas infernales, donde los sillones no existen, los pájaros cantan en altavoz y se recetan los sentimientos.

Hasta los sentidos reaccionan en falso, todo mantiene un regusto metálico a nostalgia, un indefinido olor a soledad, intangible y a la vez presente en nuestra desesperada búsqueda diaria de aquel pedacito de azul insondable que ninguna máquina podrá repetir o capturar.

Dicen que decía otro grande de nuestras letras que los cubanos descendemos de un barco. Suena a buen chiste para alguien tan afrancesado que no podía pronunciar a derechas su nombre sin aquel terrible acento, sin embargo Don Alejo se perdía por la carne mulata y los tamales.

Por aquello de esperar el barco nos perdimos la vida, primero venían de España, luego de Estados Unidos, luego de la Unión Soviética, ahora..., ahora tal vez gracias a Dios no lleguen nunca, y por primera vez desde nuestra época Taina seremos realmente libres, tal vez de tener necesidades pero no de rendirle cuentas a nadie, ni aún a nosotros mismos por el pan nuestro de cada día.

La nación entra en un nuevo siglo y muy a nuestro pesar hemos aprendido que no somos el pueblo escogido siquiera por nosotros mismos, pero también por primera vez más de dos millones de cubanos existimos fuera de la isla, todos aferrados al pedacito de bandera tricolor, de estrella solitaria, atesorando la misma emoción por la patria aherrojada en la memoria.

Habrá un cubano en nosotros mientras quede un regusto amargo de café, un aroma trágico de *Vueltabajo*, una cadera mulata insolente, un ardiente ron mañanero, un amoroso potaje de sazón, aquel azul insondable soldado al corazón.

Es importante aquí recordar y respetar a todos los que hicieron posible nuestra nación, desde los que vinieron de los cuatro puntos cardinales a dar su sangre por Cuba, hasta los que en la historia reciente han mantenido su cubanía dentro y fuera de la isla, sin olvidar a quienes han muerto en las aguas del Gran Río Azul, persiguiendo en el canal el espejismo de un mundo mejor en tierra firme.

La Patria nos pertenece a todos y cada uno de nosotros y tenemos derechos, sin explicaciones ni excusas a nuestras parte en su defensa y privilegio, en sus sufrimientos y alegrías, en su presente y su futuro, en el combate por protegerla de nuevas invasiones y ataques, por conservar nuestras tradiciones y nuestra cultura, aún contra la envidia y las ambiciones personales de nosotros mismos.

Hoy, como en toda nuestra historia, es importante vernos como somos y no a los ojos de otros, por lo cual este periódico [La Nación Cubana] sin ser perfecto, pretende ser el espejo en que nos miremos de dentro hacia afuera, portador del mensaje que nos comunique y atraiga, convenciéndonos de una vez y por todas de que la nación cubana, por encima de envidias y mezquindades, es tan indivisible y preciosa como nuestra estrella solitaria, esa estrella que en su inocencia maravillosa dijera un niño, por encima de verborreas y próceres y políticos canijos: "nunca será otra de la bandera americana".

Finalizo con la definición de Patria del joven poeta en Abdala: "el amor Madre, a la Patria, no es el amor simple a la yerba que pisan nuestras plantas, es el rencor eterno a quien la oprime, es el odio eterno a quien la ataca", como él tampoco puedo entrar a la fiesta mientras esté el banderón en la acera; ninguna nación, por grande que sea, tiene derecho a interferir en la libertad de la mía.

Publicado en La Nación Cubana en Abril de 1999

DE EMBARGOS Y SOBERBIAS

De niño me hacían la historia del avaro campesino peninsular español, quien trató de enseñar a su burro a no comer y la moraleja final cuando murió el animal (el de cuatro patas, quiero decir), pretendía ser: la avaricia rompe el saco.

Me viene a la mente el cuento con los cuarenta años del absurdo y criminal embargo norteamericano contra Cuba. Claro, no sólo contra la isla roja sino contra otros pueblos que no entran por el aro de las decisiones de las Administraciones de turno.

Hace unos días nuestra pregunta al señor Michael E. Ranneberger, Coordinador de la Oficina de Asuntos Cubanos del Departamento de Estado de nuevo, quedó sin respuesta, sobre todo nuestra aseveración de que indudablemente una parte de la población cubana apoya al Gobierno de Fidel Castro y muchos; en la isla -y fuera de ella- culpan a la Administración Clinton por sus sufrimientos.

El pretender medir la conciencia de un pueblo por cedazos será apto para cebada y frijoles, pero muy pobre para conciencias, como bien lo mostraba la parábola de las Mil y una Noches, en las historias de Alí Babá y sus 40 ladrones -salvando las distancias con personajes vivos o muertos.

Una y otra vez las falsas analogías y argumentos llenan cuartillas y horas de palabrería en las ondas, pero la verdad es sólo una: el pueblo sufre y los ladrones engordan. Por supuesto que no hay diplomacia de béisbol, o de otras pelotas, lo que tampoco existe es la intención de resolver un problema que marca a dos generaciones de cubanos.

Insistimos también con los doctos señores del Grupo de Tarea del presidente Bill Clinton encabezados por el señor Bernard W. Aronson quien fuera sub secretario de Estado para Asuntos Latinoamericanos, sobre la necesidad de medidas más enérgicas que aliviaran el sufrimiento del pueblo cubano y permitieran la comunicación y reunificación familiar, inclusive con más visados para visitas desde la isla.

La respuesta de uno de ellos vale enmarcarse: "Cuba, como la fruta madura caerá bajo nuestros intereses". Resucitó McKinley o la política del Gran Garrote y las Cañoneras o nunca desapareció enteramente de los frígidos pasillos de la política imperta1.

¿Saben los señores del Cuarto Piso del Departamento de Estado que un niño necesita más de 4,500 calorías diarias para desarrollar normalmente su cerebro en los primeros años de vida? ¿Saben las deformaciones óseas y metabólicas que pueden provocar las deficiencias en la dieta diaria de personas mayores de 65 años?

El condenar a la enfermedad o la muerte a miles de personas sólo tiene un nombre: genocidio. Nuestro pueblo aquí y al otro lado del Canal culpa a la Administración norteamericana por su inercia, desprecio, racismo y soberbia al mantener un embargo abusivo y criminal, tan malvado que prohíbe hasta la venta de comida y medicinas.

La televisión se llena de imágenes de la tragedia de Kosovo, pero no muestra a los nuestros. Tal vez somos demasiado oscuros para su gusto o aún en las antisépticas transmisiones de las cadenas olemos demasiado a Caribe para ellos.

Algunos esfuerzos se están haciendo, pero nuestras voces no son suficientes hasta tanto no tengan el apoyo de los intereses de las grandes compañías y sus poderosos cabilderos a quienes evidentemente escuchan mejor nuestros políticos y prohombres cuando se les aceita la oreja.

Entre tragos de licor y humo de habanos, en la capital del poder, Washington, ya se escuchan algunas cosas y en la capital del dinero, Nueva York, se levantan teléfonos y se dictan objetivos. Pronto habrá vientos de cambio, tras las brisas iniciales.

Sólo una cosa al final: la esperanza está a la vista y lo que Dios ha permitido no destruirá el hombre. Como antes nunca: ¡Cuba Va!

LNC Mayo de 1999

Las eternas quinceañeras

Pasan en estos días un comercial de televisión sobre teléfonos portátiles, donde una "niña" cubana -de esas de 30 y tantos que nunca dejan la casa- se independiza y el mejor regalo es un teléfono portátil, donde mamá llama a toda hora, al final regresa ahogada en llanto la hija pródiga, clamando por *mami* y *papi* al rompérsele el carro en medio de la lluvia.

Trae a colación perfecta la intensidad del cordón umbilical de nuestras pechugonas y eternas adolescentes, repetidas en periódicos, revistas, emisoras de radio y televisión, compañías de publicidad y relaciones públicas de Miami. Antes maestras del hogar, hoy columnistas y publicistas.

Tal vez esto explique la intensidad del aro de la serpiente en emisoras y periódicos, así como la frecuencia de los anuncios. ¿No ha notado como se repiten las noticias y los temas de uno a otro medio de expresión? ¿Tal parece que partieran de un mismo origen, o centro, o tal vez digamos, de la misma cama?

Estas eternas quinceañeras hacen sus *pininos* en el periodismo, estudiando en universidades gringas y acumulando títulos en inglés para luego traducir sus textos al español, pero no dejan de recibir en sus frías habitaciones de fraternidades los alimenticios envíos de *arró-con-frijóle-negro*, pastelitos de guayaba y casetes de programas de la radio *cubichona*.

23

No importa su historia o sus intentos, tarde o temprano vuelven al redil y complacen temerosas a papás, abuelos, tíos y *arientes* repitiendo en público la misma retórica tonta que capó sus años núbiles, mientras se escabullen vía Cancún a saborear sus raíces, sobornando con dólares de plástico al ocasional prieto amante tropical.

Vaya un ejemplo de periodismo quinceañero: el encuentro de béisbol entre los Orioles y el equipo cubano. La objetividad periodística se dejó a un lado ante la soberbia de que no hubiera una deserción masiva en los cientos de cubanos de la isla que participaron.

Nadie vio en Miami y New Jersey a empleados de las oficinas de nuestros congresistas federales -los Tres apocalípticos Villalobos del hambre cubana- constituidos en improvisados agentes de viajes para organizar caravanas de protesta con el dinero de nuestros impuestos que paga sus salarios.

Tampoco se vio el cohecho de costear viajes a decenas de recientes «exiliados» para convencer a la deserción de los visitantes, siendo estos «agentes de la libertad» un ejemplo de *chusmería*, borrachera y drogadicción en pleno estadio.

Ni siquiera vieron a improvisados «periodistas» de la radio y televisión Que-no-se-ve a la cual me niego a llamar con el nombre de nuestro Héroe Nacional, trabajando «undercover» para sacarles información a los visitantes. Otra medalla infame para la cátedra de improvisados *escribidores* de Miami.

Estas doncellas eternas no quisieron ver cuando a los cinco minutos de la consigna introducida falsamente en la pantalla del sistema de información del estadio de Baltimore, un grupo de «entusiastas» bien entrenados comenzó a lanzarse al terreno de juego para estropear la fiesta, luego de fallar uno tras otro los intentos de interrumpirlo.

Uno de los lloriqueos en el periódico local fue que se estropeó el contacto personal y de las familias por la política. La pregunta sería ante tamaña desfachatez, ¿alguna vez protestaste cuando la ley Helms-Burton prohibió la venta de medicinas y alimentos de subsidiarias norteamericanas a Cuba y de 800 millones de dólares anuales en medicinas se pasó apenas a un .1 por ciento, con resultados evidentes para la salud y la vida de miles de tus compatriotas? ¿Alguna vez levantaste tu voz para defender el derecho a viajar a tu país cuando lo haces a escondidas, siendo abanderada de la «libertad de expresión» Made in América?

Es hora de salir del armario y ser persona mayor, hora de arrancarte la careta de mentiras impuesta desde niña sobre tu raza y tu gente, hora de dejar de plancharte los rizos de tu rebelde pelo caribeño, hora de enorgullecerte de tus copiosas caderas y nalgas de carne de puerco y malanga, es hora niña, en fin, de olvidarte de nostalgias de cartón piedra y *naftalínicos* festivales de nostalgia para embaucar a los tontos.

Ábrete a la vida y quema esa amarillenta bata de *organdí* de horribles lazos punzó que siempre odiaste, tanto como los besos húmedos y las manos *busconas* de tu tío el de la radio.

LNC Junio de 1999

CRIMEN Y CASTIGO

Ante todo, nadie tiene derecho a restringir la libertad de los demás y es repugnante el hecho de que las fuerzas destinadas a mantener el orden de la sociedad empleen la violencia contra personas desarmadas y las maltraten sin razón.

Pero esto no es todo, el drama humano convertido en circo por obra y gracia de la televisión helitransportada, llevó a página de folletín lo que constituye un lamentable suceso cotidiano en las costas de la Florida: el contrabando de ilegales en barcos desde Cuba y otras naciones del Caribe.

Por supuesto que nuestros políticos *cubichones* relectos por obra y gracia de la industria político-informativa de nuestro *exilio histórico*, aprovecharon la oportunidad de treparse al cajón del muerto y ganar su centavito de gloria con el mínimo esfuerzo -y de gratis- en carne y sufrimiento de otros.

Nadie hasta ahora ha mencionado la palabra "ilegal" en tantos reportajes y palabras desperdiciadas y no nos sorprende, puesto que en el concepto de estos prohombres y escribidores -vergonzosamente no sólo en la nómina de periódicos otrora prestigiosos, sino de instituciones tan interesadas como desprestigiadas.

La política *saguesera* atacó de nuevo a las instituciones norteamericanas y agitó a sus fuerzas para lograr sus minutos de primera plana, pero no es bochornosa la acción de la Guardia Costera y la policía de la ciudad de Surfside, la cual por cierto investiga en detalle lo sucedido para encontrar acciones fuera de las normas establecida.

Lo «bochornoso» -por repetir el titular de un libelo local que lleguen primero las cámaras de televisión que las autoridades al rescate de un grupo de personas transportadas horas antes por un barco mayor, las cuales desafortunadamente adelantaron su hora de arribo, prevista para horas de la noche.

Las autoridades federales, estatales y locales conocen de este lucrativo negocio de contrabando de ilegales que ya ha costado varias vidas humanas, lo cual, desafortunadamente para los traficantes de sentimientos no sucedió esta vez.

Volviendo a los «bochornos» públicos es hora de recordar que los Estados Unidos NO conceden 20,000 visas anuales a inmigrantes sino que DEBE hacerlo según las regulaciones, pero eso nunca ha sucedido en los últimos años y de esto tampoco se habla.

Tal vez la pregunta sería, ¿por qué se prioriza a blancos, educados y de religiones políticamente correctas por encima de los menos favorecidos en la pigmentación, la distribución divina de coeficiente intelectual o la afiliación a una creencia encuadernada como civilizada?

Quienes han empujado a miles de mis compatriotas a la muerte y el exilio, con la ilusión de un mundo mejor, son los verdaderos criminales en esta historia, no los infelices obligados a ser «espaldas mojadas» en nuestras costas y sus familias que sufran la angustia de un riesgo que ha demostrado ser mortal.

Esos mismos que vociferan hoy en la radio llenando su minuto de verborrea para promocionar píldoras contra la impotencia o las últimas ventajas de los costosos sudarios para escabullirse en el cielo, son los que deberían promover que hubiera oportunidades de trabajo y vida decente en nuestra comunidad para todos por igual.

Reconozcan que los haitianos, dominicanos, centroamericanos en general y tantos otros inmigrantes, son también seres humanos bien nacidos como dicen ser nuestros prohombres y políticos, es hora de compartir con ellos esta tierra de oportunidades.

LNC Julio de 1999

EL QUE ESTÉ LIMPIO DE CULPA

Durante años miles de cubanos han muerto en el estrecho de la Florida en busca del espejismo del exilio. Lo, que nunca ha cambiado es la política falaz y criminal estimular a la deserción de un pueblo, mientras desprecian y discriminan a quienes cometieron el supremo delito de no huir antes que ellos. Contradicción y realidad de Miami, en América, el país de las oportunidades se establece el derecho por orden de llegada.

No es potestad de los cubanos el tratar de venir a los Estados Unidos, el país desarrollado más grande del mundo a buscar una oportunidad desde sus naciones atrasadas del Tercer Mundo, pero, al resto de los emigrantes se les llama "refugiados económicos", como si no existiera violencia en el hambre, la miseria, el analfabetismo y la insalubridad en la que viven cientos de millones de seres humanos.

Sin embargo Estados Unidos hace más de 32 años estableció, como en el caso de otras nacionalidades en épocas anteriores, una categoría especial, como parte de su estrategia político-militar durante la Guerra Fría, la llamada Ley de Ajuste Cubano del 2 de noviembre de 1,966 que permitiría, desde entonces, la condición automática de residente a todo cubano llegado a territorio norteamericano.

La combinación de la política de la "olla de presión", de endurecer el embargo, mientras se estimulaba la deserción, acosaba aún más el régimen cubano y por tanto a la población de la isla, mientras paulatinamente se cerraba la puerta a las posibilidades.

Más reciente, durante el gobierno de Reagan se estableció un acuerdo que planteaba la intención de, normalizar esta situación, pero nunca fue cumplido por los Estados Unidos.

Del compromiso de conceder "hasta" veinte mil visas anuales para la reunificación familiar, apenas se llegó -y eso sólo al principio- a 3,000, para luego descender a mil mientras se estimulaban las llegadas de ilegales a tierras del continente, lo cual llevó con la caída del bloque socialista y el endurecimiento de las condiciones económicas en la isla a la violencia, inclusive cometiéndose crímenes para robar embarcaciones y tomar rumbo norte.

Luego de la Crisis de los Balseros en 1994 se arribó a los casi acuerdos migratorios entre los dos países que han -permitido k emigración y reunificación familiar con los visados a casi 100,000 personas -entre ellas familias completas que hoy se encuentran legalmente en los Estados Unidos.

Según cifras del Departamento de Estado esto ha representado 25,838 visados en 1996 (incluyendo las personas elegibles recluidas en la base naval de Guantánamo), 20,006 en 1996, 20,048 en 1997, 20,787 en 1998 y hasta Mayo 7 de este año [1999, Nota del Ed.] 18,537.

¿Por qué entonces el circo de homenaje a los balseros que arriban cada día a las costas de la Florida como producto de operaciones evidentes de contrabando de ilegales? ¿Por qué los mismos políticos y organizaciones como la Fundación Nacional Cubano Americana que en boca de su fallecido presidente Jorge Mas Canosa apoyó los acuerdos del 94, hoy se opone a grito pelado?

La respuesta está en que son los mismos de siempre, sólo que ahora están desesperados ante su falta de apoyo popular. Los miembros de una industria malévola y mercenaria que sólo pretende extender su dominio sobre la comunidad hispana del sur de la Florida, intentan en su desesperación ante la pérdida de poder y los cuantiosos fondos interrumpidos en los últimos tiempos por las sucesivas administraciones demócratas, tratan de buscar sustento popular en un tema que desgarra en carne viva a las familias de esta parte del país: la inmigración.

Quienes desprecian y explotan a aquellos que no pertenecen a su "exclusivo" grupo de bien nacidos, muy selecto círculo de personas de determinado color, lugar de procedencia, recursos e ideas, nunca han podido convivir con quienes han llamado despectivamente "balseros", "*marielitos*", "quedados" y otros epítetos dirigidos a su propia sangre y que ahora amplían hacia las hornadas de "indio" que enriquece con su presencia y esfuerzo al Estado, pero también exigen su pedazo legítimamente ganado, tanto en la política como en las oportunidades económicas para la comunidad.

¿Por qué estos políticos tan ansiosos de su minuto de gloria en las noticieros y los titulares de la gran prensa local, nunca aparecen cuando apalean a un haitiano, detienen a un dominicano por el simple hecho de no hablar inglés, acosan a un negro norteamericano con más derecho que ellos a ser considerado nativo, acosan y se mofan en una escuela de la bondad de una maestra boricua, o niegan empleo a un nicaragüense por el simple hecho de "no ser cubano"?

Estos políticos saben bien que el sur de la Florida está cambiando y que sólo con mucho dinero pueden mantener la maquinaria política, la cual a la vez deben aceitar con concesiones y legislación adecuadas en un sistema sin fin donde se engranan la corrupción, la malversación masiva de fondos públicos y la degradación moral de un grupo de apenas 200 familias de origen cubano que controlan el entorno político y económico del condado Miami-Dade, enriquecidas con dineros públicos, las multimillonarias asignaciones federales durante la Guerra Fría y el lavado de dinero de operaciones ilícitas.

Ya ni siquiera productos tan evidentes de esta industria, como el propio alcalde demócrata del condado Miami-Dade, temiendo tal vez por sus aspiraciones a puesto en la Administración nacional, se atreven a condenar los acuerdos migratorios que responden a las necesidades e intención de la política de este país, o como el caso del Gobernador del Estado, el republicano Jeb Bush quien ha eludido el apoyo público a estas campañas.

Sin embargo, la actual administración demócrata ha sido débil en la respuesta a las declaraciones histéricas de los congresistas de origen cubano y al chantaje político de organizaciones fantasmas, presentes en una radio cercada por el mismo raleo en sus filas que convierte manifestaciones públicas en desfile de policías y servicios de ambulancias, más atentos al desmayar de ancianos que a controlar inexistentes multitudes.

Los tiempos son otros, la mayoría de la comunidad cubana en los Estados Unidos viaja a la isla, estrecha lazos con familiares y amigos en Cuba, o redescubre sus raíces, barriendo décadas de mentiras y calumnias sobre su país de origen, más que un sueño una fuerza constante en el corazón de miles de jóvenes nacidos en el continente que atesoran en su nostalgia el brillo inapagable de la estrella solitaria.

La verdad siempre triunfa sobre la mentira, la maldad desaparece como el fango bajo la lluvia. La ignominia y la sangre de miles de mis hermanos vertida en las aguas del Mar Caribe, servirá para reafirmar la decisión de barrer con esa industria de odio que separa a la familia cubana.

LNC Julio de 1999

EL DERECHO A LA PATRIA

La historia está repleta de frases y líneas que parecieran históricas sino fueran parte de la retórica insulsa y pusilánime con la cual algunos enmascaran la falta de principios o el egocentrismo aldeano, imponiendo egos a posiciones, humores a actitudes, *perretas* a conciencia.

Tampoco el *cipayismo* es ajeno a nuestra historia, ni la fascinación sietemesina por el forzudo, el rubio yanqui que con varita mágica resolverá nuestros problemas y por el cual sumisos plancharemos nuestros rizos y nos empolvaremos la *capirra* piel para pertenecer a su corte.

En un momento de definiciones, cuando el águila extiende las alas para el salto final y afila sus garras, en el intento de escamotear lo que ha costado cuatro décadas de sangre y dolor desmontar, increíblemente retoña en pusilánimes y tontos, la desmedida fascinación por los oropeles del conquistador.

Aquí, unos desprendidos de las organizaciones exiliadas de extrema derecha y otros sin cabida en el redil de tiburones enriquecidos en la droga, la malversación de los dineros públicos y la estafa, en su congregación encontraron puerto y tribuna en altares de alcahuetas o tertulias de-panza-llena, alardeando de su defensa de los derechos del humilde a buen recaudo de multitudes sudorosas, mas olvidan en su timorato discurso que no es chupando la *teta* multimillonaria del monstruo o circulando los intestinos del poder en Washington, donde comienza la ruta redentora.

No olvidemos que ninguno de nosotros, hijos pródigos y desperdigados por el mundo con nuestras miserias, rencores y familias a cuestas, seríamos nada si no fuera por la Revolución Cubana y quienes se oxidaron la vida en las fronteras del odio protegiendo el futuro común.

La Patria es el lugar donde descansan tus muertos, es la tierra sagrada que como dijera el poeta se ama y mantiene con el fulgor de llama del rencor eterno a quien la oprime, del odio insaciable a quien la ataca, sin condiciones, sin tregua.

Sólo hay un lenguaje común, sin peros ni trastiendas para el derecho a la Patria, y éste, pasa por la esperanza, por incinerar egos, vanidades y egoísmos, por entrega y pasión, es el camino, en fin, de la defensa de una nación que por la obra de sus hijos ya trasciende a humanidad.

LNC Agosto 99, Septiembre 2000 y Junio 2002

LA ISLA DE LOS LADRONES

Era una isla maravillosa, hasta que la plaga la estropeó. Llegaron del oeste, de un continente viejo y enfermo, tan codicioso y malvado como sus pústulas. Ocuparon todo como dueños, emponzoñaron el agua, quemaron las siembras, asesinaron a los nativos. Muchas veces por el simple placer de matar y destruir.

Pronto vieron que vendría un cambio, el trabajo, pues para sobrevivir sería necesario cultivar los campos, acarrear agua y leña, engendrar la vida. Entonces se les ocurrió otra idea malvada, traer esclavos. Unos negros, otros amarillos, otros también blancos, pero sin él corazón de piedra de los primeros.

Floreció la tierra, regada con el sudor y la sangre de los buenos. Los que fundan y crean lograron la maravilla de la cosecha en la isla verde, pero la felicidad no duró, siempre la mala semilla existía. Hubo luchas, muchos murieron y en una alborada la razón y la bondad conquistaron el territorio.

Entonces empezó el éxodo. Se fueron los malos, los menos malos y con ellos se llevaron a muchos inocentes. Unos manchados de sangre, otros contaminados con la semilla de maldad y odio. Buscaron hasta encontrar un pantano afable donde plantar sus tiendas, le decían La Florida, ahora se llama *Mayami*.

Podríamos continuar la historia hasta el infinito, pero creo que hemos llegado al punto preciso, al instante de olvidar el pasado y pensar como se desmorona el presente de la maldad ante la vida, como la carroña se disuelve en la lluvia salvadora, como el futuro nace con trabajo y amor.

Miles llegan cada día a los Estados Unidos, buscando el llamado sueño americano, sin embargo se encuentran en el sur de la Florida, con la triste realidad de una sociedad difícil y cruel, en un entorno viciado por los males de los países de los que huyen y del sistema de mercado.

Uno de los derechos elementales del ser humano, el derecho al trabajo, le es negado a cotidiano a las personas en esta parte del país, por sus ideas políticas, color de la piel o procedencia étnica. Increíble en uno de los países más ricos del mundo, las personas ganan mucho menos que en cualquier otro estado, a pesar de sus calificaciones o disposición para el trabajo.

La diferencia se ve por apenas unas millas, cruzando la frontera del condado vecino, Broward, los salarios de Miami-Dade son inferiores y la competencia para conseguir un empleo es mucho menor.

No es sólo el flecho de tener una gran población de inmigrantes, muchos de los cuales no están preparados para trabajar en una economía dirigida por la tecnología, o que la cifra de ilegales supere el medio millón en el sur de la Florida, según cifras no oficiales.

Esta situación no sólo impera entre las personas de menor calificación, sino que se refleja en sectores donde se necesita experiencia o estudios para ocupar la plaza. Pudieran influir los tipos de industrias, el nivel de instrucción y el idioma, pero de hecho, nada esconde la grave realidad económica en el Miami metropolitano: existe una crisis de empleos.

Aunque la economía nacional está en auge y los economistas hablan de una nueva época dorada, el cuadro es muy diferente en el Condado Miami - Dade, donde el desempleo alcanza al 7.8% de la fuerza de trabajo. Eso significa que hay un ejército de unas 80 mil personas del área que no encuentran forma de ganarse la vida.

Y ésos son solamente quienes no abandonan las esperanzas. La cifra no incluye a quienes han dejado de buscar trabajo, los dejaron la economía oficial y trabajan marginal-mente por bajos salarios, o las decenas de miles que viven de la ayuda del gobierno y a quienes se presiona cada vez más para que trabajen de acuerdo con las estipulaciones de la reforma federal del bienestar social.

Con quien más agudamente contrasta Miami es con el llamado Sun Belt (Cinturón del Sol), la zona que comprende a la mayoría de los estados del sur y el suroeste y que se caracteriza por su clima cálido y amplio desarrollo económico en pleno apogeo.

Por ejemplo, en la zona metropolitana de Atlanta, la tasa de desempleo es del 3.6 por ciento. Es la misma de los condados Hillsborough y Orange, en la Florida, que abarcan a Tampa y a Orlando, respectivamente.

Hasta Los Angeles está emprendiendo una recuperación más rápida hace un año, su tasa de desempleo era del 8.2 por ciento, superando el 7.7 por ciento oficial del Miami de aquella época. Pero hoy, el desempleo en Los Angeles ha bajado al 6.7 por ciento, mientras el de Miami ha subido en el último año al 7.8 por ciento.

Las estadísticas son todavía peores en barrios pobres como el área de Wynwood, básicamente puertorriqueña y dominicana, donde los datos del Departamento de Planificación, Desarrollo y Regulación de Dade muestran una pérdida de más de 10,000 puestos de trabajo en diez años.

"Nuestro desafío es crear 140,000 empleos con la mayor rapidez", dijo el alcalde de Dade Alex Penelas. Pero a pesar de las palabras, Miami-Dade tiene un índice pésimo en cuanto a creación de empleos.

A las tasas actuales, harían falta siete años para crearlos y los especialistas aseguran que pudiera haber una carencia de 175,234 empleos para el año 2015, generando una tasa de desempleo del 11.5 por ciento.

Si se hicieran ajustes para los que tienen varios empleos y si se descontaran los que trabajan en Dade pero viven en Broward, el estimado de la tasa de desempleo para el próximo siglo pudiera sobrepasar el 20 por ciento, según Charles Blowers, jefe de planificación de Dade.

La pregunta sería: ¿por qué no genera empleos el Condado de Dade? Quizá el factor más significativo, según los economistas urbanos, es que la economía de este condado se basa en industrias decadentes, como la de los textiles, o el comercio de minorías que brindan un desarrollo limitado como la del turismo de cruceros.

Eso quiere decir que los trabajadores pasan más tiempo sin trabajar y con frecuencia trabajan en sectores que no ofrecen muchas oportunidades de progresar.

Miami no está bien representada en los sectores económicos a la vanguardia en lo relacionado con creación de empleos en la economía de Estados Unidos, como la industria de las computadoras y la manufactura de artículos de exportación.

Incluso el baluarte económico del intenso comercio con Latinoamérica ha perdido fuerza. Estados Unidos tiene la economía más fuerte del mundo en estos momentos pero los vínculos del sur de la Florida con la economía nacional se han debilitado con los años, después de haberse concentrado tanto en las naciones del sur. .

A pesar de la cantidad de grandes y llamativos edificios de condominios que se edifican actualmente, la construcción ha disminuido cerca de una décima parte en esta década. E incluso la muy elogiada recuperación como destino turístico parece ocultar el hecho de que el empleo en los hoteles ha disminuido un 9 por ciento en los últimos seis años.

La situación es más inquietante si se considera que tanto el estado como la nación viven un nivel récord de desempleo. La tasa estatal de desempleo es de 4.9 por ciento y la nacional de 4.8. Los expertos dicen que la tasa más elevada de desempleo en Dade es algo que debe confrontarse de inmediato.

El aumento del desempleo tiene un efecto devastador y plantea una perspectiva particularmente inquietante en un lugar de relacionas étnicas fragmentadas, problemas con el control del crimen y una de las tasas de pobreza más elevadas del país.

En términos del futuro, los expertos advierten que la alta tasa crónica de desempleo tiende a auto perpetuarse. Es decir que, cuando los padres no pueden hallar trabajo, tienen que reducir el dinero que pueden gastar en la educación de sus hijos. Y estos estarán, en consecuencia, menos preparados para el mercado laboral que les espera, y el ciclo se repite.

Al mismo tiempo, las nuevas industrias tienden a mudarse a otros lugares y muchas empresas descartan invertir en Miami, compañías importantes han considerado Miami y debatido sus méritos con el propósito de establecerse aquí, pero han decidido finalmente llevarse su negocio a otro lugar. Estudian una tremenda cantidad de datos que van desde las escuelas públicas hasta las tarifas de electricidad.

¿Por qué no vienen a Miami más compañías sólidas y prósperas? Después de todo, muchas están llegando a la Florida, donde la tasa de empleos está entre las de más rápido crecimiento en la nación.

El resultado: Dade carece de algunas piezas claves de su rompecabezas económico y tiene la tasa de desempleo más grande del estado. La evidencia sugiere que después que estudian a Miami, las compañías concluyen que hay muchos obstáculos para tener éxito aquí.

Entre los factores que los expertos señalan están contra Miami-Dade una fuerza laboral con niveles inferiores de educación y experiencia, reputación de gobierno corrupto e ineficiente, reafirmado por los recientes escándalos en el Ayuntamiento de Miami y en su puerto y aeropuerto, altos costos de viviendas para ejecutivos, mostrado en un reciente sondeo nacional que colocó a Miami a la par con áreas como Nueva York y San Francisco, escuelas con problemas, además, está la imagen de crímenes.

Como decíamos al principio, la maldición existe y quienes destruyeron a un país todavía viven, pero el futuro se acerca: la isla de los ladrones tendrá que buscar otro puerto.

LNC Septiembre de 1999

Sobre Beduinos y Mercachifles

Fue una frase popular, aún lapidaria en precisión y tono; tildaba hace años de «izquierda de Kendall», a nuestras señoronas *mayamenses* de *peeling* y Lexus, a nuestros panzones caballeros de «tití manía» y Rolex.

La expresión retrataba a quienes escogen las peligrosas «sierras» de los barrios exclusivos del condado Miami-Dade para hacer profesión de fe en cuanto a Cuba y la misma comunidad cubana que sangran y con la cual dicen vivir.

Recuerdo una exclusiva reunión -la primera y la última para nosotros- donde algunos reían la anécdota de la esposa de un dirigente cubano, suplicando por jabón para la ropa de sus hijos -aquellos panes de jabón amarillo-donde la mano enjoyada se regodeaba en los detalles de su reciente aventura habanera.

Algunos confunden la asiduidad de las visitas a La Habana, o a las oficinas diplomáticas cubanas, con respeto y amor por Cuba y su Revolución. Pero es todo lo contrario: quienes traicionaron o cambiaron de casaca, son hoy los afanosos pescadores de la revuelta quimera dorada del sentimiento cubano.

Quienes porfían en mantener el embargo, no son sólo los integrantes de la desacreditada industria política e informativa de *Mayami*, dirigida al holocausto de un pueblo, conscientes en su desesperación de que no tienen lugar en el futuro de la nación cubana.

Con ellos apuntalan en la sombra y el grupo, aquellos cuya fortuna está empedrada con el sacrificio de nuestras familias, de nuestros humildes que se privan de lo imprescindible para llenar sus maletas con obsequios, y ayuda para los suyos en la isla, pagando precios onerosos por una visita que les costará después innumerables privaciones.

No somos una emigración rica, tampoco tenemos para derrochar ni ostentar, desgraciadamente el candil de la calle es la oscuridad de la casa y nos presentamos ante familiares y amigos en Cuba, como lo exitosos que no somos, lo potentados que quisiéramos o lo acaudalados que nunca fuimos.

Recuerdo con dolor cuando hace algunos meses, en la antesala de una exitosa abogada de Miami, presencié la agonía de un padre, recién llegado legalmente de la isla, llorando por regresar a Cuba, pues de exitoso chofer de taxi de turismo había pasado a empaquetador de supermercado de $100 dólares a la semana.

Es triste ver llorar a un hombre, sobre todo cuando se encontraba desahuciado por su propia tía, la cual lo sostuvo varias semanas en la sala de su minúsculo apartamento de Pequeña Habana, mantenido a duras penas con su retiro. Esa misma tía que se vendía en sus visitas anuales a Cuba -cargada como "mula" por quienes le pagaban el viaje- como potentada de Miami Beach.

Codo a codo con esos mercachifles de la esperanza están los beduinos del exilio, aquellos que en sus famélicas tribunas de papel, vociferan su falaz amor por Cuba, ostentan su patriotismo su patriotismo de pacotilla y dan fe de interés de un mañana para la nación, pero no mueven un dedo por los suyos de Hialeah, ni defienden una causa que les provoque un minuto de sudor en una esquina.

Quienes ostentan los diez minutos de fama escamoteada del sacrificio de los nuestros en las fronteras del odio y agitan las banderas del patriotismo con el mismo furor que aprendieron al desprenderse de los marranos del otro bando, olvidan que los pueblos están hastiados de palabras huecas: el momento es de acción y toma de posiciones, no de resquemores y trastiendas de alcahuetas.

Recuerdo gente de mi propia sangre, anticomunistas furibundos con sus muertos frescos en el alma, firmando proclamas para levantar el embargo genocida de medicinas y alimentos al pueblo cubano, mientras mercachifles y beduinos engavetaban las listas: "...para no molestar a los clientes", "...no apoyo nada que venga de Fulano-de-Tal"

La palabra de orden es integridad y futuro, el minuto llama a ocupar las posiciones que abandonan quienes con la intimidación y la violencia, subyugaron a una comunidad y la han llevado al erial de odio y corrupción que es hoy el sur de la Florida.

Nuestra comunidad está dispuesta a fecundar, a quienes aterra la sangre de los alumbramientos insurrectos, pueden regresar a sus rincones a saciar en el onanismo sus placeres oscuros. Es hora de fecundar y crecer, pero a plena luz.

LNC Octubre de 1999

EL ARTE DE LO POSIBLE

Por lo visto en Política como en amor, en esta tierra todo está permitido y sobre todo en política, a la cual el filósofo chino llamaba «el arte de lo posible».

Los padres de la nación americana, aquellos que redactaron la sencilla e imperfecta -por lo visto, pues cómo entonces, ha sido modificada y estrujada en tantas ocasiones- Constitución, se condicionaron ellos mismos al principio de no ser perfectos, y con mucho, saber que no lo sabían todo.

Si ésta gran nación pudo constituirse sobre la base del esfuerzo de sus hijos, provenientes de todos los rincones del mundo y ese pedazo de papel, redactado por un grupo de pomposos protestantes, por demás esclavistas desprendidos de la rancia sociedad inglesa de la época, vemos que el sentido común y el afán de dignidad del hombre no tienen límites.

Lo que tampoco tiene horizonte es la capacidad humana de aberración y entrega de su propia libertad a las peores causas. La historia está llena de ejemplos de pueblos enteros abrazados al fascismo, al fanatismo religioso e ideológico de picores extremos, a la estupidez crasa en la búsqueda del mejor camino al desastre. Las recientes elecciones en las ciudades de Miami y Hialeah son ejemplos claros de cómo el pueblo cubano verdaderamente tiene a los gobernantes que merece.

Si no fuera suficiente re-elegir a un senador estatal como Alberto Gutman, quien tenía 26 acusaciones al nivel federal por delitos cometidos contra el *Medicaid*, del cual dependen vitalmente esos propios ancianos de Pequeña Habana que lo llevaron de nuevo a su silla para ahora verlo declararse culpable ante la evidencia.

Si el hecho de soportar durante cuarenta años en Miami las manipulaciones de una industria político-informativa que sólo ha perseguido a cara descubierta el enriquecimiento desmesurado de sus miembros, utilizando la nostalgia y los sentimientos de la comunidad exiliada para liquidar políticamente a sus enemigos, no ya ideológicos, sino en el saqueo al dinero público, no fuera tan evidente.

Cuando los políticos cuentan con torearnos con las banderas rojas del *patrioterismo* y exhortar al votante con argumentos llevados hasta los lazos sanguíneos de segunda generación *guanabacoense* para promover a los descendientes de la más rancia estirpe política *chambelonera*, entonces es posible pensar que si, como pueblo no tenemos esperanza.

Hemos sido una tribu condenada al escapismo, a la fuga de la realidad que impone nuestra isla pobre y estrecha, a buscar la salida en la chota y el juego de azar, a la admiración desmedida al pícaro y buscavidas, a la espera de las soluciones a través del foráneo descendiendo de la escalerilla de un barco, a la persecución de un caudillo, un hombre fuerte que confirme nuestra, alma de sietemesino.

Cual aldeanos vanidosos seguimos pensando que no hay pueblo más allá de nuestra aldea y nos aferramos a los añicos del pasado, imponiéndolos a un presente que apesta a futuro terrible para despatriados y cegatos, en medio de una sociedad extraña que los asfixia, sobre todo porque esos mismos a quienes ceden el derecho a dirigirlos, saquean las arcas públicas, mientras les azotan el rostro con su impunidad. El sistema político norteamericano no funciona, tenemos el dinero del cabildeo que el esfuerzo solitario del votante.

Candidatos y políticos reconocen delitos graves y mienten, confiando en la eficiencia de las costosas maquinarias publicitarias y la estupidez de las personas que en muchas ocasiones pagan esas campañas con su propio dinero.

El sistema legal norteamericano es ineficiente y era la última esperanza del simple ante los millones de los bandidos, pero ahora, en procesos trasmitidos de costa a costa, se demuestra a la juventud con pruebas sangrientas que el dinero sí lo compra todo.

La esperanza está en nosotros mismos, en organizar a los justos, movilizar a los lentos y convencer a los escépticos: hacerse ciudadanos, inscribirse para votar, informarse sobre las mejores formas de mejorar la vida de nuestras comunidades y sobre todo, promover a los mejores, los cuales tal vez no tengan el sex appeal, o la sonrisa fácil del profesional, o su mano rápida en acariciar niños y perros o tomar dinero sucio, pero sí la loable disposición de responderle al pueblo y sobre todo, la certeza de que ése mismo pueblo, si no le cumple, lo sustituirá sin condiciones.

LNC Noviembre de 1999

Elogio de la Mentira

Una de las personas más importantes de mi vida fue mi abuela Rafaela, hija de mambí, orgullosa de su estirpe y de sus hijos, engendrados por mi abuelo catalán, a lo largo y ancho de mi querida isla, en su errar buscando el barro para concretar su sueño de tejero insatisfecho: inundar Cuba de techos rojos de loza catalana. Al fin vino a parar con sus huesos a Miami, aquí descansa.

A propósito del artículo publicado en este periódico que bien ostenta los colores de la patria de Bolívar por el señor José Mármol, titulado: "Paralelismo entre Chávez y Castro", bien recuerdo a mi abuela Rafaela, erguida en su bastón, ante una discusión sobre política en su casa entre mis tíos y algunos nietos: "No lloren como mujeres lo que no supieron defender como hombres", les dijo entonces.

El epitafio está en la historia de Cuba, como también lo está la estampida descomunal de cientos de familias relacionadas con la sangrienta dictadura de Fulgencio Batista en 1960, las cuales no sabían si Fidel Castro y sus barbudos iban a traer comunismo, capitalismo o fascismo a la isla el Primero de Enero de 1959, pero por si acaso bien pusieron pies en polvorosa.

Luego, acogidos por el manto protector norteamericano, crecieron a la sombra de créditos federales en sus impuestos por propiedades reales o imaginarias, ante fondos desviados de programas de servicio social para familias, destinados por la mano de la CIA a la "lucha contra Castro" que nunca pasó de estudios de radio o la boca del río Miami, o de los más de trescientos "periodiquitos" cubanos del exilio, de los cuales sobreviven lamentablemente una docena, pendientes de los anuncios del condado Miami-Dade, conseguidos por conexiones políticas.

¿O nos podemos olvidar de los años 80 en Miami, cuándo el dinero de la droga campeaba por sus respetos pariendo bancos en cada esquina como hongos de maleficio?

¿O de los escándalos repetidos de malversación y desvío de recursos en las ciudades, condado y gobierno estatal, en negocios promovidos por prohombres de una industria malévola de publicidad y política que asfixia el sur de la Florida, hoy en día convertida en una de las cuatro comunidades más pobres del país?

Aquellos lodos, trajeron estos vientos.

LNC Noviembre de 1999

El Rey, la Reina y Meñique

Por estos días polvorientos y ajetreados, de nuevo me permitieron visitar La Habana, esta vez por la Novena Cumbre de Presidentes Iberoamericanos. Mi enredo de cables, micrófonos, cámaras, *casetes* y ropa que nunca usé, fue a parar a una encalada casa de Alturas de Belén, dónde cada noche una luna helada me despertaba en la madrugada aterido en sudores en medio de una cama extraña, sin encontrar horizonte o compás en una ciudad que ya no era la mía.

Los reyes de España, Juan Carlos y *Sofea* también estuvieron por allá y aunque tampoco pudieron darle tres vueltas a la Ceiba del Templete, la cual concede tres deseos a quienes en el aniversario de la fundación de San Cristóbal de La Habana les den la vuelta, tirando monedas.

Lo que sí hicieron 1os Reyes de España fue pasearse sonrientes por sus calles y 1legarse a la presentación de la compañía de teatro infantil *La Colmenita* en el barrio habanero de Fontanar. Luego de la aventura de un traqueteante taxi -pagado en dólares- "OK" en medio de insondables baches, esquivando bicicletas y los recientes manzanares cubanos de atados de basura encaramados de los árboles para protegerlos de perros y gatos voraces, llegamos a una escuela de niños minusválidos.

Los reyes y todos los presentes disfrutaron en medio de una desacostumbrada fresca tarde de noviembre de la actuación de los pequeños de una obra del poeta nacional José Martí, precisamente hijo de español y cubana, quien dedicara su vida a la independencia de Cuba del poder colonialista español, hace ya un siglo.

Meñique es parte de uno de los libros más bellos que he leído en mi vida, "La Edad de Oro", donde el poeta encontró tiempo en su ajetreo de revolucionario y periodista para dedicar horas de papel a crear una colección maravillosa de imaginaría y talento dedicada a su hijo. Sólo a quien Dios depara el honor de padre puede entender tamaña puesta de amor en tan pocas páginas.

La obra trata sobre tres hermanos huérfanos que se reparten el mundo y donde el más pequeño, con su corazón de oro e inteligencia natural, encuentra y apadrina un hacha que cortaba sola, una nuez que producía agua abundante y pico mágico, los cuales, sin parar, eran paladines del trabajo y la dedicación como las propias abejas, obreras incansables del polen y el color.

Meñique llega al palacio del rey y debe derribar un árbol inmenso que no permitía la vida y se oponía al desarrollo, lo cual logra con su hacha que cortaba sola. Luego debía producir agua, para un pueblo seco por las latitudes de la vida y su nuez incansable lo logra en un suelo convertido en piedra, en el cual abre un agujero con su pico mágico.

Pero no pudo casarse con la princesa y vivir eternamente felices, como prometió el rey, pues las envidias de la política y los cortesanos lo impidieron, por tanto debió pasar otra prueba e ir al bosque, a enfrentarse con un gigantesco y poderoso ogro, el más grande del mundo, solamente con pan y queso, lo cual logra al fin y puede ser rey y perdonar a la vez a sus envidiosos hermanos y ser feliz por siempre jamás.

Entre la multitud sudorosa que trataba de atisbar las escenas, donde en medio del remolino de cámaras, luces deslumbrantes y *flashes*, las personas trataban de lograr unos instantes Reales, hojee entre los empujones el folleto que unos días antes un ramillete de niños me trajo con sus sonrisas felices brillando en los trajes multicolores de tantos cuentos infantiles de mi infancia.

"Compañía de teatro infantil *La Colmenita*" -leí. "Las abejas, puesto que pueden leer el lenguaje del cielo, no pierden nunca el regreso a casa". De nuevo se me aguaron los ojos en La Habana y ya no pude ver más del circo de periodistas e invitados, tratando de lograr un minuto de reyes, cuando delante tenían un manojo de niños enfermos, rodeados del amor de maestros y padres, la verdadera realeza cubana.

Necesitamos Meñiques como ellos, no beduinos en sus tribunas de papel, vociferando su amor por una Patria que desprecian en su azafrán sudor mulato; reales príncipes como ellos, en sus limpios y descoloridos uniformes color bandera y no *mercachifles capirros* que lucran con la nostalgia y el dolor de la desarraigada familia cubana.

Esa tarde vi la verdadera realeza cubana y al amanecer, en un campo florido, verde oscuro de amor y rojo sangre de tierra fecunda, los vi agruparse como abejitas desde el sol de oro para izar la bandera tricolor de Martí en una humilde escuela de campo, de madera y taburete, sin luces ni payasos, sin reyes de papel.

Allí montaban guardia mis muertos queridos y en la sonrisa del poeta, el resplandor del machete del mulato Maceo, las melenas heroicas de Camilo, entre tantos y tantos, recuperé, mi ciudad, mi historia y mi vida.

LNC Noviembre de 1999

HUÉRFANO DE LUNA

Cuenta la leyenda que el sol y la luna son los padres de la tierra, cuando uno muere, el otro renace, sin tocarse más que en el alma de su hija, la cual reverdece cada día al tocarse en el amanecer, en un ardiente y dorado ocaso o el nacimiento del natural rotar de planetas.

Lo que no es sabiduría popular, ni natural, civilizado o humano, es convertir la vida de un niño en un circo, por intereses personales, -políticos o de grupo.

La desgracia tocó el destino de este cubanito, como lo ha hecho con los miles de haitianos y tantos otros ahogados en el mar, tratando de *conquistar una visa para un sueño*.

Sin embargo, en este caso se trata de un inocente, a quienes marean miles con cámaras, políticos, inescrupulosos y hasta parientes en busca de sus minutos de gloria o las treinta monedas, sin que la ambición les permita ver como desmenuzan la vida de Elián entre sus dedos.

Este niño, salvado entre las aguas por la misericordia divina, es para algunos el nuevo Moisés redivivo destinado a guiarnos en el éxodo, librarnos del desarraigo y conducirnos hacía la tierra prometida del perdón y la felicidad. Pero no todo en el mundo real es como en la ciudad de Mickey Mouse.

Nuestras candelitas en este fosco mar de ruina donde hemos venido a recalar, aquellos que por su talento o ángel son personalidades en la comunidad cubana, no han apoyado esta insania, inclusive quienes entre ellos son padres, madres y abuelos, condenan en privado lo que no se atreven a decir a la luz por temor a la furia de la maldad.

El niño Elián representa nuestra inocencia, nuestra esperanza y la posibilidad de un futuro nuevo para todos, sin manipulaciones políticas, odios, o falsos profetas. La posibilidad de un mañana reunificando la familia cubana, construyendo una nación nueva, donde por primera vez no decidan los intereses políticos o las potencias extranjeras el destino y la vida de todos.

No somos como cubanos tan diferentes a otros, tenemos los mismos temores y angustias que llevaron a cientos de miles a manifestarse iracundos en las calles de Seattle, o a otros a montarse en una yola para cruzar el canal de la Mona en Puerto Rico, o a acurrucarse en la sentina de un barco en Madagascar, o de un botecito en Port-au-Prince.

Engendros como la Ley de Ajuste cubano, firmada en medios de los fragores de la Guerra Fría, por uno de los Presidentes más estúpidos de la Unión americana, continúan existiendo y hoy continúa siendo desplegada como bandera por los intereses más oscuros de nuestra comunidad, como blasón de quienes huyen de la Revolución cubana.

Si se otorgan cada año más de 20,000 visas de inmigrantes, si existen programas de reunificación familiar y acuerdos migratorios destinados a estimular la inmigración ordenada y sin riesgo, a través de los procesos legales de ambos países, ¿por qué mantener una rendija en la puerta estimulando éstas desgracias cotidianas?

Para quienes no reúnen los requisitos para emigrar ordenadamente hacia los Estados Unidos, en la búsqueda de un futuro económico mejor en el país más desarrollado del mundo, no es necesario estímulo adicional para continuar insistiendo en cruzar la frontera, como lo hacen cada día millones de mexicanos, chinos, haitianos, dominicanos y tantos otros.

La Ley de Ajuste cubano no es sólo un anacronismo, es el instrumento criminal para que una malvada industria político e informativa manipule la vida y el destino de nuestras familias para sus fines, desechando en unas semanas a tantos balseritos como Elián, quién en este caso no es violinista, ni cadáver, pero en el fondo de sus ojazos aterrados, ya esconde el daño irreparable de la inconsciencia, ría quienes debían protegerlo por ley de Dios.

Él no está sólo en su orfandad, lo son tanto sus familiares interesados como los políticos depravados y los saca uñas a sueldo que lo rodean y los miles de angustiados ancianos -abuelos y padres ellos mismos- atrapados entre los muros de este pantano terrible, donde los consume la morriña.

Si hoy no somos capaces de defender a Elián y pensar más con nuestra alma plena de caridad cristiana que con nuestro entendimiento obcecado por el odio y devolverle como corresponde el niño a su padre y sus abuelos, caeremos de nuevo en la trampa que durante cuarenta años se ha tragado a cientos de miles de cubanos.

Pensemos en cuántos Elianes han muerto en las aguas del gran río azul, pensemos, aunque nos duela, si vale la pena cobrarle a un hermano la decisión de permanecer en la otra orilla, pensemos, en fin, si esta locura debe persistir y permitiremos de nuevo a los *caínes* ahondar aún más la separación de la familia cubana.

No es necesario que siempre seamos huérfanos de luna, o de sol, o de vida. La tragedia de un niño simboliza la de un pueblo dividido por la maldad y el odio, no seamos rehenes de la mezquindad y el egoísmo, miremos a los ojos de nuestros hijos con la conciencia tranquila de los justos.

Sólo abramos de nuevo las aguas para que éstos Moisés, con su inocencia, nos bauticen en el Jordán de la Patria.

LNC Diciembre de 1999

MARIPOSAS AMARILLAS

Una broma muy frecuente en Cuba a principios de la década de los 80 se refería a las personas de la comunidad cubana que comenzaban a llegar a la isla en los viajes de reunificación familiar como mariposas, pues habían pasado de larvas (gusanos) el proceso purificador y ahora eran diferentes.

Si hay algo positivo en una historia tan triste y torva como la del secuestro del niño cubano Elián González, víctima de una irresponsable y criminal historia de contrabando de ilegales en las terribles aguas del estrecho, será el reconocimiento en la isla de que no existe un exilio monolítico y mayoritariamente reaccionario.

Durante décadas lo peor contra Cuba siempre provenía de Miami, el nombre implicaba agresiones, muerte, conspiraciones y manipulaciones políticas para impedir el menor entendimiento entre los Estados Unidos y la Revolución cubana.

No sin razón se miraba con sospecha a todo el que venía «del Norte», esta vez cargado de regalos y dólares, pero en muchos casos con las torvas intenciones de comprar conciencias y conquistar reclutas, los cuales después maldecían su suerte en las mal pagadas *factorías* y obras de la construcción sin fin en que la malversación y la politiquería han convertido al sur de la Florida.

Sin embargo los tiempos han cambiado. Quienes repletan los aviones con destino a la isla no son los multimillonarios, apiladores de cientos de millones de dólares con el *deshonorable y cotidiano* sudor de tu frente, esos pocos cientos de afortunados hombres de empresa no tienen familias ni amigos en la isla -y tampoco muchos por acá pudiéramos decir.

Un viaje a Cuba puede costar más de $3,000 por persona a cualquiera, pues solamente en trámites y pasajes los gastos alcanzan los mil dólares y el promedio de ingreso del cubano -según cifras federales- no supera los $21,000 como promedio familiar en el sur de la Florida.

La ciudad de Miami, una de las 24 comunidades que integran el condado Miami-Dade, es una de las cuatro más pobres del país, con uno de los más altos índices de emigración de compañías en el estado y la nación, producto de varios factores, entre ellos la corrupción política y falta de mano de obra calificada, sobre todo bilingüe.

Contradictoriamente, la llamada «industria de viajes a Cuba», no está integrada por personas precisamente favorables a la Revolución cubana y al pueblo que durante 40 años defendió nuestra nación contra viento y marea en las fronteras del odio.

Integrada en su mayoría por personas provenientes del comercio minorista y con poco nivel cultural, mantienen férreamente un control de precios que no reconoce movimientos de mercado o los lógicos ajustes de temporadas turísticas, en un afán de enriquecimiento que los empata con la industria político informativa que se ha conocido en los últimos tiempos como «la mafia de Miami».

Un pasajero o cliente a Cuba puede significar para esta industria hasta $100.00 de beneficio neto en efectivo, dinero que no siempre es reportado al servicio de rentas internas del gobierno federal

(I.R.S.) en compañías que mantienen exprofeso una fachada de pobreza y pequeña bodega familiar.

Estos, con las honrosas y honorables excepciones de quienes contra viento y marea han mantenido con honestidad y calidad la bandera de la reunificación familiar, son los verdaderos «gusanos», tan dañinos a la comunidad cubana y sus familias en la isla, como la mencionada «mafia» que asfixia de corrupción y miedo al condado Miami-Dade.

Es significativo que cuanta causa política surge favorable a Cuba, como el caso del niño Elián no cuenta con la presencia de propietarios, empleados o familiares de una industria que alimenta a casi 200 negocios sólo en el sur de la Florida, los cuales no aparecen en los registros federales de compañías autorizadas a hacer negocios con la isla.

Este mismo periódico, desde su nacimiento ha sido un ejemplo de cómo el interés material es la evidente motivación de cientos de personas que transfieren dinero ilegalmente, transportan carga sin autorización comercial -las mulas-, o cobran comisiones excesivas por concepto de trámites que muchas personas pueden realizar directamente con el consulado o las autoridades norteamericanas, sin necesidad de estos servicios ilegales.

Por ejemplo, uno de los más antiguos y serios proveedores de estos servicios se anunció publicando el listado oficial de precios del consulado cubano, para que las personas pudieran decidir por sí mismas la justeza de esas comisiones. La respuesta fue vetar nuestro periódico de sus oficinas.

En otras de ellas no se permite ponerlo, o sencillamente desaparece el mismo día o tratan mal a los repartidores, quienes en la mayoría de los casos son personas que voluntariamente tratan de apoyar un esfuerzo por permitir una mayor amplitud de información sobre el caso cubano.

Algunos de los nombres y los personajes relacionados, también han sido responsables de la compra de conciencias en la isla, dejando un reguero de casos legales en ambos países que ha dado mala fama a una industria que representa la unión de la familia cubana y donde han encanecido sirviendo a la comunidad, contra viento y marea, insultos y desafueros, un grupo de personas que siguen siendo el espinazo de la industria.

Colegas de otras nacionalidades se asombran de los escasos espacios radiales, o periódicos existentes que divulguen la realidad cubana o defiendan a estos negocios, los cuales pagan millones de dólares en impuestos que son perfectamente deducibles como gastos cuando se emplean en anuncios o se hacen donaciones a las asociaciones caritativas y de solidaridad.

Sin embargo no hay nada que extrañarse de estos pescadores de río revuelto. Son los mismos que llegaron tarde. Si hubieran sido de la camada de los 60 hubieran tenido otras fuentes de ingreso, como hoy las tienen quienes comercian con carne humana, provocando más dolor a la familia cubana con la pérdida de vidas en el contrabando, como el traído caso de Elián.

Sin embargo los pueblos aprenden y van desprendiendo estas rémoras que durante años han impedido la normalización de relaciones con la isla, dificultado y encarecido innecesariamente el rencuentro de la familia cubana, permitido la difusión de información para que cada vez más personas conozcan la verdad sobre Cuba, emponzoñado las relaciones en una industria que lidia directamente con el sentimiento, la nostalgia y la separación de las dos orillas.

Tal y como se han convertido en un estorbo al desarrollo de las propias fuerzas políticas y económicas de la sociedad norteamericana, estos integrantes de la industria política e informativa que es «la mafia de Miami», sus relevos dentro de la industria de viajes a Cuba también irán pasando a la historia, en la medida en que nuestra comunidad aprenda a reconocer la honradez y la calidad de quienes durante décadas los han servido sin dobleces.

Nuestro periódico cumple un año en unas semanas y a partir de marzo comenzaremos a publicar los precios y las posibilidades de abaratar los costos de los viajes a la isla, del envío de dinero, de paquetes, en fin, apoyar a quienes realmente quieren servir a la comunidad y a la isla grande.

Apoyar y defender a quienes se privan de mucho para poder llevar unos minutos de alegría a los suyos en la isla. El embargo comienza en quienes esquilman a los nuestros y hacen de un viaje a la esperanza una pesadilla nebulosa.

Los tiempos cambian señores, es hora de mariposas amarillas.

LNC Diciembre de 1999

EXORDIO DEL ESTIGMA

Miles de horas de radio y televisión después, incalculables toneladas de amarillo papel y tinta bien negra, hasta insípidas y electrónicas páginas en la telaraña, no pueden tapar la realidad de que el exilio cubano de *Mayami* llegó a su final.

Uno de los propios oyentes de las auto denominadas mejores y más completas estaciones de radio de la santísima trinidad del vituperio, la patraña y el oprobio, de las famosas estaciones de cuatro-por-cuatro e incalculable *watage* de prepotencia, dijo:

"Si no logramos reunir 20,000 cubanos en apoyo a la causa de Elián, este va a ser el último clavo del exilio histórico".

Proféticas palabras de la desilusión. Apenas unos cientos de personas intentaron copar el tráfico en una ciudad de 3 millones de habitantes, con la mayor concentración de cubanos fuera de la isla -casi un millón- recibiendo la condena de una comunidad multiétnica que cada vez más -gracias a Dios- es minoritariamente cubana.

No se trata de odiar a tu propia sangre, se trata de repudiar a quienes representan lo peor de nuestra estirpe, a quienes discriminan, odian y apartan a quienes tienen su propio color, sufren sus mismas miserias y hablan con el mismo acento: repudian el reflejo.

El caso del niño Elián González, es uno más en la historia de eventos de las relaciones Cuba-Estados Unidos de los últimos cuarenta años: todo lo que pueda dañar al pueblo cubano, en su decisión de mantenerse a pie firme en su independencia y soberanía, sin su control, es válido.

Asesinatos, atentados, amenazas, sobornos: vale todo. El Fin justifica los medios. Ahora se trata de la esperanza de un inocente, participe involuntario en una aventura que es parte del tráfico de ilegales que no sólo viola las leyes de ambos países, sino de la legislación internacional.

Quienes aman el dinero fácil el lumpen urbano de la isla que huyó de sudar la camisa en la sociedad cubana, ahora cierra filas con los desempleados traficantes de drogas, mulas de los carteles y combatientes por la libertad, profesionales que encajan con ellos perfectamente en el nuevo esquema.

Nadie escucha a los haitianos clamando por justicia, cuando separan a familias enteras y los devuelven a una miseria tan terrible como la muerte misma, nadie apoyó la desgarradora situación de una madre nicaragüense, deportada y separada de sus hijos. Eso no es noticia para ellos.

Tampoco lo es la historia de los dos sobrevivientes de la aventura de Elián, ni las extrañas causas de la muerte de la mujer cuyo cadáver fue recuperado, ni el hecho de que ese barco regresó a Cuba y otra menor, desistió ante el peligro de la travesía.

Es significativo que se olvide el hecho de que un guardacostas cubano los acompañó hasta aguas internacionales y les advirtió del peligro del viaje en alta mar, en un barco pequeño, sobrecargado y con mal tiempo, entregándole luego la información a la guardia costera norteamericana, la cual no los rescató a tiempo.

La familia de Elián encontró con su milagrosa llegada un buen medio de vida y sus treinta minutos de fama con la suerte de un inocente. Ellos mismos confiesan que no trabajan desde su arribo.

¿Quién paga entonces los gastos y las renovaciones, las ropas nuevas y los juguetes, los viajes y las golosinas? Cabilderos prominentes, sobornadores de jueces y promotores de intereses de juego y prostitución, amigos íntimos de estafadores, y corruptos de diferentes ciudades, gente de idea rápida y mano veloz para los bienes ajenos. Fáciles en crear imagen, en ver el filón en la inocencia para su voraz ambición.

Por supuesto que ellos no son los únicos, ni los culpables de hacer lo que mejor hacen, lo que han venido haciendo durante cuatro décadas, perfeccionándolo e incrementándolo con los peores intereses de la sociedad norteamericana.

Elián verdaderamente es un nuevo Moisés, es el ejemplo que necesitaba esta comunidad de que nuestra propia inercia, nuestro temor, el egoísmo y los mezquinos intereses personales entre nosotros mismos, contribuyen a la permanencia de un grupo desprestigiado y contaminante.

A todos nos consideran por igual, pues si no denunciamos y perseguimos el crimen, la sociedad norteamericana y las restantes comunidades del sur de la Florida nos consideran cómplices y partícipes de estos hechos.

En los ojos secos de este niño, huérfano y triste en sus oropeles, está nuestro castigo. Esa mirada se repite en la de nuestros hijos y amigos cuando nos preguntan; « ¿Por qué Elián es un rehén del odio y la mentira?». Devolverlo a su familia a su ambiente, a su tierra, no es sólo lo humano y justo, es la vía de nuestra salvación, es la paz de espíritu que necesitamos, es en fin, nuestro pasaporte al futuro.

LAS AMISTADES PELIGROSAS

Nuevos elementos, que salieron a la luz pública al cierre de esta edición [del tabloide La Nación Cubana, Nota del Ed.], corroboran la manipulación a que ha estado sometido en Miami el caso del niño Elián González.

El denominado *portavoz* de los familiares de Elián aquí en el sur de la Florida, el publicista Armando Gutiérrez, fue consultor de la jueza que está al frente del caso del menor, Rosa Iris Rodríguez, durante la campaña electoral de la jueza en el año 1998.

Armando Gutiérrez, propietario de una firma de relaciones públicas y considerado una persona de gran influencia en los medios políticos del Condado Miami-Dade, recibió 10 mil dólares de la jueza Rodríguez, a quien prestó sus servicios como consultor político, mientras que otros 53 mil 446 fueron acreditados a la firma que dirige la esposa del publicista, *Creative Ideas Inc.,* por concepto de mensajes publicitarios en radio y televisión para la campaña de la jueza. Total: $63,446 dólares.

Al conocerse esta información, la respuesta del Circuito Judicial no se hizo esperar: *"De acuerdo con los cánones de la ética judicial, un juez no tiene la obligación ética de dar a conocer la participación de abogados u otras partes en pasadas campañas electorales judiciales",* explicó un comunicado de la directora de operaciones del Tribunal de Familia, Celina Ríos.

Sin embargo, expertos legales que han dado su opinión sobre el caso en diferentes medios de prensa escrita y televisada, han coincidido en un aspecto. El código de conducta judicial requiere no sólo que los jueces eviten todo tipo de acto impropio, sino también, cualquier cosa que pueda parecer impropia.

"Está claro que en este caso ella no evitó la apariencia de algo impropio"-explicó Robert Jarvis, profesor de ética en la escuela de leyes de la *Universidad Nova Southeastern*, en declaraciones hechas al diario *The Miami Herald*.

Otro experto en la materia, Robert Rosen, quien es profesor de leyes de la Universidad de Miami, citado también por el *Herald*, coincide en el hecho de que la jueza debió haber dado a conocer que había estado vinculada a Armando Gutiérrez, a raíz del trabajo realizado por éste en su campaña.

"Cualquier factor que pueda considerarse como elemento de influencia en la decisión de un juez, debe darse a conocer oportunamente para evitar la apariencia de algo impropio"-apuntó Rosen.

Expertos legales han señalado también que el padre de Elián, Juan Miguel González, puede ahora exigir que la jueza sea removida del caso, si el considera que el hecho de haber estado relacionada de alguna forma con Armando Gutiérrez pueda incline su decisión a favor de los familiares del menor en Miami.

"Dadas las circunstancias de que el pasado profesional de la jueza estuvo relacionado con el publicista que actualmente representa la parte de los familiares de Elián en Miami, se requería que ambas partes en disputa fueran informadas claramente, incluyendo al padre", dijo Ben Kuehne, an-

tiguo presidente del *Dade County Bar Association*, en declaraciones que son recogidas por *The Miami Herald,* en su edición en inglés.

Permanece firme la Fiscal General Janet Reno en su determinación de devolver a Elián a Cuba

La Fiscal General Janet Reno mantuvo la decisión de otorgar la custodia de Elián González a su padre en Cuba y dijo que cualquier apelación debía hacerse en los tribunales federales y no en los estatales.

Para permitir a los familiares del niño de 6 años que residen en la Florida el tiempo necesario para apelar esta decisión, Reno escribió a sus abogados informándoles que el gobierno está posponiendo la fecha tope de su retorno a Cuba, que había sido fijada para el viernes 14 de enero. En la misiva no se menciona una nueva fecha ni se dice qué pasos podrá seguir el Gobierno Federal para hacer cumplir su mandato.

Reno echó a un lado la decisión del lunes de la corte estatal, en el sentido de que el menor debía permanecer en los Estados Unidos hasta una audiencia fijada para el 6 de marzo. Ella dijo que esa orden de la corte estatal "no tenía fuerza ni efecto sobre la decisión que el *Servicio de Inmigración y Naturalización* había tomado en relación al caso".

"La cuestión de quién puede representar a un niño de seis años en una aplicación de admisión o asilo, es materia de las leyes federales de inmigración" -escribió Reno. Y más adelante explicó: *"la representación del niño está en manos de las leyes federales, no del estado".*

Los abogados de la familia visitaron a Reno en Washington la semana pasada, para con sus argumentos tratar de hacer que ella cambiara la decisión del INS. Al valorar planteamientos, Reno escribió: *"No tengo elementos que me den base alguna para revertir esa decisión"*

Sin embargo, Reno añadió que las ordenanzas federales *"podrían ser cambiadas finalmente, sólo en una corte federal. Estamos preparados para litigar en ese fórum"* -dijo.

Reno escribió que el INS había decidido que la fecha tope para devolver el niño a Cuba, fijada para enero 14, podría ser extendida para acomodar cualquier procedimiento en las cortes federales.

Finalmente, la Fiscal General apeló a una rápida solución. *"Tengo una fuerte esperanza de que podremos trabajar juntos para resolver el estatus del niño tan pronto como sea posible".*

La jueza de circuito del tribunal de Miami Dade, Rosa Rodríguez, determinó el lunes que el menor, que es sujeto de una batalla internacional por su custodia entre sus familiares residentes en Cuba y los Estados Unidos, podría permanecer en este país hasta el 6 de marzo próximo.

La decisión de la jueza se hizo sobre la base de dar al tribunal tiempo para escuchar los argumentos de Lázaro González, el tío abuelo de Elián, quien tiene su custodia temporal. Esto desafía una orden del INS de enviar al niño a Cuba, para que viva con su padre.

LNC Enero de 2000

La política del avestruz

Uno de los aspectos más significativos de la política norteamericana en los últimos años con respecto a Cuba ha sido lo que pudiéramos calificar del síndrome del avestruz. Tratando de salvar la cara, o cumplir con los demonios de su propia creación, la administración Clinton desarrolló un sistema legislativo de medidas y recontra medidas que obstaculiza el propio avance del sistema capitalista en que centra su doctrina el país.

Si para alguien -no contamos con los excelsos especialistas del Departamento de Estado- no estaba claro que los grupos más extremistas y reaccionarios dentro de la comunidad cubana, ya no representaban una influencia significativa dentro de esta comunidad y mucho menos, sobre los restantes habitantes del sur de la Florida, tuvieron prueba fehaciente con el llamado "affaire Elián", un circo lamentable y absurdo en que otra familia cubana se convirtió en rehén de la política.

El inmovilismo en relación con la situación cubana de la administración Clinton, pone a riesgo cada día, no sólo las propias reglas económicas del sistema y afecta a compañías nacionales en sus posibilidades de inversión y desarrollo, sino que cotidianamente perjudica la vida y el futuro de cientos de ciudadanos y residentes norteamericanos acatadores de la ley.

Desde Miami y otras ciudades del país parten diariamente vuelos charleados hacia La Habana y otras partes de la isla, pero la falta de decisión de la Administración provoca que otros cientos se vean obligados a viajar a través de terceros países, pues todavía se les prohíbe a los cubanos y sus familiares viajar más de una vez al año (!?) a visitar a los suyos.

Por si fuera poco hasta hace algunas semanas se limitaban las visitas de personas de la isla a sus parientes y amigos en los Estados Unidos, cuando la comunidad cubana en este país alcanza los dos millones de personas, contra una isleña de más de once.

A nuestra pregunta el Departamento de Estado respondió, en voz de un vocero que no quiso ser citado: «no hay cambio de política, sólo hay cambio de relevo. Quienes están ahora en La Habana [en la eufemísticamente denominada Oficina de Intereses de Estados Unidos] están más frescos y decidieron abrir un poco más las posibilidades».

Son demasiad los años de ver venir soberbias decisiones por parte de los gobiernos y determinar en una refrigerada oficina anónima sobre vidas y haciendas de todos a pleno sol, para pensar que se trata de un cambio de humor pasajero. Parecería ser que alguien al fin se iluminó y comprendió que la familia cubana está hastiada, de manipulaciones y con el caso Elián se le llenó la copa.

La Administración Clinton ha podido comprobar en la práctica la falacia y falta de fundamento real de las promesas de respaldo de las fuerzas políticas más reaccionarias del sur de la Florida, las cuales han demostrado en la práctica su capacidad para la destrucción y el saqueo del trabajo esforzado de nuestra comunidad multiétnica.

Sus obras de rapiña, malversación, manipulaciones políticas, tácticas mañosas de intimidación, soborno y cohecho, han destruido la economía local, ahuyentando a compañías y negocios, dependiendo hoy la oferta de empleo de los servicios turísticos y el aeropuerto, además de los pequeños negocios de exportación hacia Latinoamérica para subsistir contra un desempleo que supera el 12 por ciento, casi el doble del promedio nacional y estatal.

Por si fuera poco, los cubanos «de Miami» erogan hacia la isla más de $800 millones de dólares -según cifras oficiales-, de los cuales no regresa ni un centavo debido al absurdo y anacrónico bloqueo económico contra un país que ha demostrado contra todas las presiones y amenazas posibles que prefiere morir de pie a vivir de rodillas.

Es por todo ello que consideramos peligrosa y suicida en un año electoral la política del avestruz, de esconder la cabeza y dejar otros lugares delicados al sol, pues el error de muchos cubanos de votar por un Bill Clinton que prometía el cambio, no es fácil que se repita en otros candidatos de la misma ideología.

La falta de decisión y voluntad política de la actual Administración, ha permitido cobardemente el secuestro de un niño y puesto en peligro la recuperación de otros cientos, ciudadanos norteamericanos todos ellos, retenidos en diferentes países, creando un peligroso y dañino precedente legal, mientras que por la falta de voluntad política de la Casa Blanca de resolver el problema, se pasean impunemente por tribunales y estaciones de televisión los secuestradores, en este circo horrendo y criminal que constituye el caso de Elián González.

La crisis económica del sur de la Florida se agudiza con la falta de decisión de la Administración Clinton, al no tomar los pasos debidos para levantar el embargo y permitir el flujo de comercio que reanime la caótica situación económica de este espejismo de *papier maché* que algunos optimistas llaman *Mayami.*

Mientras se alimente con dinero de nuestros impuestos y se permita pasearse por los pasillos del poder a quienes han sido los demonios de los propios políticos demócratas y hoy configuran el símbolo mayor de las fuerzas retrógradas y oscuras de este país, no habrá solución a los problemas de esta comunidad, no habrá alivio al sufrimiento de nuestras familias.

Tal vez tampoco haya otro político demócrata del calibre de Bill Clinton en la Casa Blanca, al menos no con los votos cubanos.

MÁS Y MÁS DE LO MISMO

Los recién llegados al sur de la Florida se ciegan por el resplandor de los oropeles y las fachadas cursis de la playa, con ese detestable color pastel de una época tan malsana como terrible, se aturden con las vociferantes estaciones de radio, tan poderosas y creíbles que dependen más de la lenta digestión senil de algunos que del propio fluir de los hechos.

Pero lo que más marea a todos es el hormiguear de millones sin sentido, en la búsqueda del sustento o la simple pérdida de orientación en unas de las ciénagas más angustiosas y atroces en que a cualquier conglomerado humano le tocaría vivir.

Este sur de la Florida, con sus 24 ciudades y villorrios, de zona turística y retiro para emigrantes del norte frío y crudo, se convirtió por obra y magia de la política imperial de Washington, primero y de la Guerra Fría, después, en pudridero de lo peor de la República *chambelonera* cubana de la primera mitad del siglo XX. Es decir hasta 1959.

Las inyecciones de cientos de millones de dólares anuales del presupuesto federal, más el convertir a esta zona en centro de reclutamiento para las operaciones oscuras y grises de la CIA y otras tantas agencias inteligentes norteamericanas, contribuyeron al asentamiento de la comunidad cubana, aupada después por leyes tan convenientes como la de Ajuste Cubano, la cual ha sido instrumento terrible en la muerte de miles de personas en las aguas del estrecho de la Florida, buscando su *visa para un sueño* como dijera el cantor.

Otras inyecciones de capital, como la corrida de la droga de las décadas de los 70 y 80, o la malversación y el pillaje de los fondos públicos en el condado Miami-Dade y las ciudades del área, entre otras instituciones, como el aeropuerto internacional, sirvieron para enriquecer a un grupo privilegiado de esta comunidad, el cual como un malsano cáncer gigante se ha arrogado el derecho de decidir sobre nuestras vidas y hacienda.

Esto es parte de la historia, antecedente suficiente para saber dónde comenzó y desde dónde tenemos que contar el derrumbe del poder de la reacción cubana en esta zona de los Estados Unidos, la cual para algunos no es parte de la unión americana.

Por mucho tiempo se consideró a este grupo de personas, que algunos califican de mafia político-económico-informativa como representativos de toda una comunidad, la cual desde hace años se ramifica como multiétnica y más joven en cuanto a la parte cubana que la integra.

Sin embargo, bastó la imagen inocente de un niño para derrumbar un mito. El circo horrendo y macabro montado en derredor del caso Elián González ha servido, no sólo para diferenciar a esta mafia criminal y sin entrañas de una comunidad trabajadora y honesta, sino que los ha puesto en evidencia en todo el país y hasta en las frías entrañas del poder en Washington, se desbandan los más empedernidos defensores del dinero y los favores que les representó durante años la ultraderecha cubana.

Nadie puede estar por encima de sí mismo y de su época. Su facultad terrible para el racismo, la discriminación, la fechoría y la rapacidad es tal que se han aislado, no sólo de las propias comunidades de otros orígenes del sur de la Florida, a quienes califican de indios, negros y burdos, sino que la opinión pública norteamericana en general los aprecia en su verdadera ralea.

Desde hace semanas el caso Elián ha ido desapareciendo de las noticias, pues hasta los más torpes dentro de esta carnada se han dado cuenta de la imagen negativa que venden rodeando a un inocente, tantos rollizos y fatuos politiqueros y acólitos, tantos delincuentes y convictos, tantos trasnochados pacifistas que de terroristas se han convertido en ovejas y de capitanes Araña, milagrosamente salvados cuando sus jóvenes soldados morían, aparecen como mansos defensores de otro inocente.

La desgracia de una familia ha servido para que miles miren a sus propios hijos, nietos y amigos, comprendiendo lo vital de terminar con la influencia malsana de este grupo vil que nos desangra cotidianamente con impuestos y maniobras políticas innecesarias, asaltando el tesoro público como sus antecesores, corrompiendo las instituciones y manchando la imagen de una comunidad trabajadora y honesta al punto en que constituye un estigma en este país reconocer ser residente de Miami.

El caso Elián, llevado a la inmensidad del dislate, muestra el concepto de impunidad con que piensan pueden continuar pavoneándose por nuestras calles, malversando el dinero de nuestros impuestos, chantajeando a comerciantes y profesionales, arremetiendo contra todo disidente, amenazando a los ciudadanos, manteniendo a las peores causas y políticos.

Ahora resulta que el tal espía Faget no es tan espía, que un personaje del calibre el propio Jesse Helms reconoce que el embargo a Cuba es un disparate histórico y que las instituciones norteamericanas tienen perfecto derecho a defender la ley y la constitución de los Estados Unidos, devolviendo al niño cubano a su padre y familia en Cuba, como pretendemos que sean devueltos cientos de niños norteamericanos retenidos en otros países.

Tal vez mañana suceda un milagro y como mismo el Santo Padre pide perdón por los errores históricos de la iglesia católica, la Fundación decida cerrar sus puertas por innecesaria y poco popular, ésas emisoras de radio por mentirosas y poco profesionales, los políticos del Condado renunciar por ineptos y ladrones, los funcionarios corruptos irse para sus casas y buscar un trabajo honesto y el periódico local reconocer su amarillismo.

No, pensándolo bien, no es necesario. Tendríamos suficiente conque la ley norteamericana se ejerciera en esta parte del país y, si no fuera mucho pedir, que nuestras instituciones defendieran a los ciudadanos y a la familia, o en fin, apliquen la constitución y sus propios reglamentos.

¿Es mucho pedir? Tal vez no, y ésa sería la mejor promesa de campaña de tantos políticos que nos rondan por estos días. ¡Recuperemos Miami para los Estados Unidos, hagamos del sur de la Florida un lugar hermoso para vivir con nuestras familias y educar a nuestros hijos!

Ese sería un buen lema de campaña. Si para ellos es prometer lo imposible, somos nosotros quienes tenemos la opción de elegirlos o echarlos a un lado. ¿No cree usted?

LNC Marzo de 2000

Ciénaga de la angustia

Durante años a los provincianos y sietemesinos se nos vendió la idea de El Dorado. Cientos de millones de dólares se inyectaban cada año del presupuesto federal norteamericano para montar la vitrina que bajo el nombre de "Miami", proyectara la imagen de una comunidad feliz y exitosa, frente a una isla encerrada tras "la cortina de bagazo".

Una imagen puede más que mil palabras y es por eso que luego de cuarenta años de patrañas, tan pronto una persona se decide a armar sus maletas con el atropellado "mete y saca" de regalitos y pretextos para el perdón, termina el embalaje de la caravana para visitar a su patria, es cuando ante la realidad de su vida perdida, de su tierra, del verdadero descanso de sus muertos, se le derrumban en cascada las mentiras.

Por algo el gobierno federal norteamericano no permite las visitas más de una vez al año, por algo castiga con altas multas o amenaza de cárcel a sus propios ciudadanos o residentes para vetarles la realidad cubana, por algo complica y enreda los trámites para un viaje de treinta minutos que se convierte en una pesadilla, tragante sin fondo de cientos de dólares ganados a buches de sangre gastados en papeles inútiles.

Cuba no es un paraíso, no es tampoco tierra de abundancia como los Estados Unidos, a quienes la rapiña en todo el mundo les da la posibilidad de riqueza contra el papel verde que imprimen a montones y cuando no, la amenaza de marines siempre dispuestos a castigar a los rebeldes. Pero en Cuba no hay escolares hambrientos y sin hogar en las calles, no hay niños drogándose con pintura y detergente, no hay niños analfabetos, no hay escuelas donde se registre como en la cárcel, buscando punzones y pistolas, no hay, en fin, niños sin cariño.

Los cantos de sirena siguen cada día, las deserciones se estimulan en cuanto papel puede entrar a la isla, en cuanta ponzoña puede traspasar en las ondas radiales el azul puro del Mar Caribe, en cuanta mentira insidiosa pueden trasmitir tantos parientes que sacian su frustración y fracaso, aumentando la miseria de otros, o compartiendo la suya con los recién estrenados balseros.

Siguen de Ciénaga de la Angustia, pretendiendo castigar a otros por sus errores, atraerlos a este atolladero donde se pudren, hacerlos vivir su ordalía de cuarenta años, atraerlos, en fin, a ésta ciénaga de la angustia que es el exilio.

Niños como Elián son sus rehenes, pero pueblos como el cubano, oxidándose la vida en las fronteras del odio, saben defender a los suyos y es por eso que todos hoy aquí, en este mismo Miami, perdemos ante sus olas de amor y de furia, el miedo a la vida, cada vez más en estas calles tristes hay, todos juntos, negros, mulatos, blancos, chinos, haitianos, rubios y tantas manos confundidas abrazando el mismo color rubí de esperanza.

Nuestra sangre podrá teñir las calles, nuestros huesos astillados podrán hundirse en el barro, pero no más Elianes.

¡Gracias Cuba por tus hijos, gracias Patria por tu pasión!

LNC Marzo de 2000

WE, THE CUBANS...!

Si uno escucha las seniles emisoras de Miami, o sencillamente recoge en una tienda de barrio uno de esos periodiquitos que dependen de los anuncios de nuestros dineros públicos para sobrevivir, comprenderá por qué la raza cubana es algo especial.

Nosotros, los bien nacidos, sería algo así como la declaración de los Padres de la Patria americana, lo cual en este caso no se traduciría por *We the People* (Nosotros, el pueblo), sino Nosotros, los Cubanos.

Es el vicio de la hipérbole y la complicidad colectiva del ditirambo, de vender la idea de un país, inexistente, tan industrializado que no cabría en los propios Estados Unidos y tan socializado que iría en contra de los ¿ideales? de estos prohombres de chicharrones y café con leche.

Su paranoia llega a un punto tal que esperan engañar a su propio reflejo. Empeñan cuanta cosa de valor pueden apañar, se visten de *marimberos* trasnochados -los *Cheos Armani* de la *sagüesera*, llenos de cadenas, bigotudos, panzones y de relojes de rueda de carreta para visitar a los parientes en la isla.

No se puede negar a nadie sus cinco minutos de gloria, después de una vida de fango, agua y factoría en el barrio, pero lo peor de todo es que siempre hay consecuencias y la mejor puede ser recibir de un golpe doce parientes para compartir el dúplex.

En el aeropuerto internacional de Miami, en la aduana de La Habana y luego en calles y pueblos de la isla, vemos pavoneándose a estos multimillonarios que nunca han visto un hotel por dentro, ni siquiera otro avión que el los *charteadores* a la isla.

Pero parafraseando al grande: «no se puede engañar a todo el mundo, todo el tiempo». Sobre todo si practica la política *sagüesera style* en el país más grande del mundo.

El caso Elián González es una muestra de cómo a publicistas acostumbrados a la política del billetazo, politiqueros en barrena, abogados de a dos por quilo y hasta sicólogos con licencia, les ha salido el tiro por la culata, destapando una olla en la cual se les ha asado, mucho más que lo perdido por el ratoncito Pérez.

La opinión pública norteamericana, no sólo en el resto del país, sino en los propios vecindarios del sur de la Florida, ha reaccionado contra el secuestro del niño cubano y el circo en el cual esta familia -¡y que clase de familia!- ha convertido la vida de un inocente en un medio de vida casi tan deleznable como su historia policial de alcoholismo, drogas y tantos otros detalles de crónica roja.

El concepto de impunidad dé esta industria político-informativa, tan malévola y obtusa como han echo evidente en estos últimos cuatro meses y medio, los ha llevado a extremos inconcebibles de calumniar y desbarrar sobre las instituciones norteamericanas, desde el Presidente hasta el último funcionario.

Criaturas como el señorito Alcalde del condado, el cual reunió a un grupo de colegas de ciudades y villorrios para apoyar su insano planteamiento de ordenar a las fuerzas del orden permitir los desbarres de este grupo de mañosos, vieron en unos minutos hacerse humo el apoyo que pensaban tener y con ello sus esperanzas de una carrera política.

Es tan evidente la maldad y el desprestigio de este grupo que rodea a Elián, que no ya las figuras intelectuales y deportivas de esta comunidad -con sus deshonrosas excepciones- les han zafado el cuerno, sino hasta las organizaciones del *exilio* que pululan en las cuatro esquinas de los barrios cubanos.

El mejor voto es el de la comunidad cubano americana, superior a los 780,000 según cifras oficiales -unos dos millones contando a sus descendientes a nuestro entender- la cual se ha apartado de este circo y no está presente en los intentos desesperados de mostrar apoyo popular por estos personajes.

Ex-terroristas convictos y confesos, devenidos pacifistas, ex-heroicos come-vacas del Escambray, ex-expedicionarios de Girón todavía con olor a compota, ex-milicianos todavía con la chamusquina seudo-revolucionaria, ex-profesionales del marxismo quedados en el primer aeropuerto al sonido de la Coca-Cola, todos ahora envueltos en la túnica de los derechos humanos, tornada en sudario para la mafia contrarrevolucionaria.

A muchos les extraña en su desconocimiento supino de las luchas y sufrimientos del pueblo cubano, el que se haya convertido en causa nacional el destino de un niño, pero esto no es un ataque a una familia aislada, es una herida en el corazón de todos. Pero reaccionamos como deberíamos: la verdad y la justicia siempre se imponen.

Evidentemente somos un pueblo con un destino, pero el de estos cipayos es el de desaparecer como los mamuts y esta vez con la incineración de los clones posibles, pues para ellos si no hay una segunda oportunidad sobre la tierra.

LNC Abril de 2000

EL RECURSO DEL PATALEO

Si algo de bueno sale de la desgracia de una familia, del lamentable espectáculo del gobierno más poderoso del mundo recurriendo al garrote por imponer estrechas decisiones electoreras a su deber de aplicar la ley, es la renovación inevitable del llamado exilio histórico cubano.

La búsqueda de dirigentes y voceros ha llegado al fondo de la gaveta ante el desprestigio y la desarticulación de la tradicional industria de la gritería que durante años ha puesto y quitado políticos, chantajeado comerciantes y calumniado a enemigos que muchas veces han sido solamente poco ágiles en los pagos de coimas, con el socorrido grito de "comunista".

Pero la impunidad se terminó. Este circo, devenido en carnaval callejero que ha constituido el caso Elián González, ha servido para convencer a todos de que el concepto de impunidad de estos personajes no existe. El rey sí está desnudo y solo provoca náuseas en su pustulante evidencia.

La división en la comunidad multiétnica del sur de la Florida, no ha sido provocada por posiciones en relación con la permanencia o no del niño cubano en los Estados Unidos, ni siquiera por el hecho innegable del lamentable asalto nocturno a una caja de familia.

Ese cisma existe por los ataques racistas, xenófobos y soberbios de estos personajes y su claque, llevados a cabo durante décadas en estaciones de radio y calles de las ciudades y pueblos que llenan este pedazo de la península y que ha provocado la emigración masiva hasta de sus propios hijos.

Miles de familias hispanas se han llevado bártulos e infantes al condado vecino de Broward, donde las escuelas son mejores, el tráfico responde a las inversiones necesarias en las vías, la policía trabaja por los ciudadanos, en fin, se vive en los Estados Unidos.

Las autopistas se rellenan cada mañana de quienes vienen a trabajar en el sur y cada tarde, de cuando regresan apresuradamente a casa, como quien teme a la puesta del sol, y a las criaturas de la noche que salen de los agujeros para asolar los vecindarios.

Ahora recurren a todos los recursos, inclusive desempolvan a los moderados con sus comités de éticas y susurros de personas bien educadas, demasiado limpios para representar a la plebe, esa misma que ha llenado las calles ante sus exhortaciones de apoyo y los alaridos de sus políticos de que todo se permitiría en Sodoma y Gomorra.

Pues bien señores, no pasó nada. El recurso del pataleo es su única opción, la ley debe imperar en esta comunidad y si sus dirigentes políticos no han sido lo suficientemente íntegros como para defender a sus electores, otras figuras aparecerán.

Necesitamos más negros e indios en las alcaldías. Menos promesas mirando más al sur que a nuestros propios pies. Eliminar las maletas de dinero y los cabilderos y entregar las escuelas, carreteras y servicios que el sur de la Florida necesita. Miami sí es un lugar decente para vivir, pero es hora de recuperarla para quienes son sus legítimos dueños:

Nosotros, las familias, nosotros, las comunidades inmigrantes, nosotros los afro americanos, nosotros anglos, nosotros cubanos. Todos juntos, por una vida mejor para nuestras familias, es hora de barrer el polvo con el odio, el egoísmo y la vileza, es hora de mañana.

LNC Abril de 2000

GENOCIDIO CULTURAL

Fueron muchos los trabajos qué pasaron sus padres con el idioma cuando llegaron a los Estados Unidos. Ahora la historia se repite, pero en sentido contrario. Los hijos de estos inmigrantes, muchos de los cuales llegaron pequeños a este país, asimilaron rápidamente el idioma inglés... pero se olvidaron del español.

En 1996, la profesora Sandra Fradd, de la Universidad de Miami, publicó un estudio interesante y a la vez aterrador: el español, el idioma natal de un elevado porcentaje de los alumnos, se va erosionando y con el tiempo queda limitado a un pequeño número de vocablos, muy insuficientes sin dudas para establecer una comunicación al nivel que se espera de un profesional.

Algunas empresas, que por su perfil requieren tratar directamente en español con funcionarios de otros países, habían afrontado ya en la práctica el problema. Fue precisamente esa situación, unida a los resultados del estudio, lo que motivó que la Cámara de Comercio hiciese un llamado para la formación de un programa bilingüe.

El objetivo fundamental de este programa es hacer que los estudiantes puedan desenvolverse con la misma fluidez en dos idiomas que son fundamentales en el sur de la Florida, no sólo por la enorme cantidad de personas hispano-parlantes, sino por lo que significa ese estado para el comercio con la América Latina.

En el ámbito interno, la población hispana que reside el norte del Río Bravo suma ya unos 35 millones de personas, y se pronostica que dentro de 20 años, uno de cada cuatro norteamericanos será de ascendencia hispana. Esta implica que el idioma de esta minoría será fundamental. En lo externo, la América Latina constituye no sólo un gran mercado, sino una importante área en desarrollo.

Sin embargo, nuestro idioma se erosiona cada día más.

Este fenómeno había sido notado, de manera informal, por muchos profesores, incluso antes de que la doctora Sandra Fradd concluyera su estudio.

También los padres observan, con preocupación, como jóvenes, cuyo idioma natal es la lengua de Cervantes, van perdiendo con el tiempo la facultad de comunicarse de forma coherente en español. El uso constante del inglés en las actividades docentes y en el quehacer cotidiano, hace para ellos cada vez más difícil poder establecer una conversación fluida o una charla profesional.

Este fenómeno ha traído como consecuencia, entre otras cosas, que exista una falta de empleados bilingües en diferentes instalaciones de Miami y cada día con más frecuencia los empleadores se quejan de las dificultades para encontrar empleados que sepan leer y escribir en español.

Las instalaciones médicas constituyen en estos momentos uno de los ejemplos donde se hace notoria esta falta de personal capacitado que domine ambos idiomas -el español y el inglés- lo cual resulta realmente una necesidad para la atención a los pacientes.

El programa de educación bilingüe funciona desde hace cuatro años y en la actualidad se aplica en 34 centros escolares del condado Miami-Dade. El objetivo fundamental en estos momentos es tratar de extenderlo de manera que abarque el alumnado de unas 332 escuelas de todo el condado.

Pero este fenómeno tiene otro aspecto: la aparición del "spanglish", una especie de jerga verbal que está en proceso de convertirse en dialecto. Precisamente así la define Ilán Stavans, un escritor mejicano de origen hebreo, lingüista y profesor de la Universidad de Amherst, en un reciente volumen que dedica al tema.

Explica Stavans que el spanglish es el resultado del encuentro o choque entre dos civilizaciones: la hispana y la anglosajona, de la lengua de Cervantes y la de Shakespeare.

Y aunque no resulte un fenómeno reciente, (hay términos en *spanglish* en el libro *Catauro de Cubanismos* de Don Fernando Ortiz) ni se limite tampoco sólo al territorio de los Estados Unidos, su uso se ha intensificado en los últimos años, con la introducción de modernas tecnologías y la revolución experimentada por los medios de comunicación masiva.

Debemos recordar que todo idioma es el resultado de un movimiento de asimilación y adaptación. En el español, por ejemplo, asimilamos con frecuencia palabras extranjeras -galicismos, anglicismos, etc., - en la propia medida en que el idioma se adapta a nuevos hábitats.

Hay términos recientes, hijos del desarrollo tecnológico, que son sumamente necesarios en la actividad diaria. Vienen del inglés y no tienen un equivalente directo en el español. Recordemos por ejemplo palabras como *ciber-spanglish*, down-lodear, emailiar e incluso faxear.

De acuerdo a la teoría del profesor Stavans, no debemos ignorar éstos términos, porque el movimiento de asimilación y adaptación propone un balance en el cual las palabras se reacomodan. Pero de vez en cuando, éste balance se rompe, se desequilibra, y no se tratará entonces del influjo de nuevos morfemas y fonemas, sino de una revolución gramatical y sintáctica cuyo resultado será la creación de un nuevo sistema, de una nueva forma de hablar, que no es la nuestra.

Sería más genuino, poder denominar a estas actividades por su nombre en español y si este no existiera, acuñar entonces el término que le corresponda, aunque resulte un tanto más difícil decir "envíame un facsímile..." en vez de "faxéame...".

Estados Unidos, aunque le cueste trabajo aceptarlo, ha sido siempre un país políglota. Aquí el idioma es un artefacto político. Cada ola migratoria, trae consigo su idioma original, que pierde más o menos a la tercera generación. Sin embargo, la migración hispana no ha seguido la misma pauta y el español sigue vivo, aunque con frecuencia de manera impura.

LNC Abril de 2000

TIGRE DE PAPEL

Tras la tormenta, siempre viene la calma, dicen que no hay día más bello que luego de un huracán, el aire parece traslúcido, como si la naturaleza saliera de un baño purificador, sin polvo, hollín o manchas. Esto no siempre es posible, sobre todo si quien trata de hacerlo tiene las escaras del crimen.

La ciudad de Miami amaneció en calma, luego de lo que tenía que suceder hacía cinco meses. Presionado por la opinión pública norteamericana y ante la postura vertical del pueblo cubano, defendiendo a uno de sus hijos, agentes federales resolvieron en la madrugada y a patadas un sencillo caso de secuestro que nunca debió la Administración Clinton permitir llegar a ese extremo.

Lo que pasó esa noche sin embargo, confirmó el hecho de que el llamado exilio cubano ya no existe como fuerza política en este país. Su poder se resquebraja en la comunidad multiétnica del sur de la Florida.

No nos equivoquemos, aún hay en Miami mucho dinero envuelto, una malévola industria político-informativa, cientos de criminales sueltos y miles de tontos que responden al sonido de las latas de las colectas, pero comenzó el principio del fin.

Si en una comunidad de tres millones y medio de personas, agrupadas en más de 24 ciudades, aparecen unos cientos de revoltosos -doscientos fueron detenidos y gran parte de ellos tenían antecedentes penales previos- quemando basura y escandalizando en un área de dieciocho cuadras, ésa no es la reacción de un pueblo.

La gente está hastiada. Cansada de manipulaciones, engaños y Frustraciones, donde sus prohombres sólo responden a mezquinos intereses de enriquecimiento, sin trabajar por la comunidad que los eligió, ni resolver problemas tan elementales como el incremento del crimen, el abarrotamiento y la falta de condiciones en las escuelas, el transporte público, y sobre todo, la depreciación de la calidad de la vida, donde miles de familias tienen cada día que limitar sus gastos para poder comer o mantener un mínimo de condiciones en los hogares.

El alcalde de la ciudad de Miami, quien recordó ser de ascendencia cubana hace algunos años cuando se interesó en llegar a la alcaldía, pregona en las cuatro esquinas que su propio Jefe de Policía nunca le informó de la acción federal para rescatar a Elián González.

Sabemos todos que al momento de saberlo hubiera alertado a los propios secuestradores y que él mismo se jactaba de haber ordenado que la policía de la ciudad no intervendría si hubiera desórdenes. Los agentes reaccionaron con su característica amabilidad, sobre todo tomando en cuenta que una turba atacó a dos de sus oficiales de información y luego a batazos a otros dos policías, lo cual provocó el arresto de decenas de exaltados, casi todos jóvenes marginales que aprovechaban la oportunidad para divertirse un poco, quemando neumáticos y basura.

Hoy todo terminó y como dijera una de las locutoras de una cadena hispana nacional quien es sombra de lo que fue..., "no vemos las imágenes de Elián jugando tal y como estábamos acostumbrados cada tarde...", efectivamente, el niño no sale al patio a punto para las noticias de las seis. El circo terminó, ahora se barren los despojos.

Es el momento para muchos de buscarse otro medio de vida y otros tal vez tengan peor suerte, como ponerse a trabajar. Tuvieron sus cinco minutos de gloria y volverán a la oscuridad de sus vidas de exiliados y sus vicios ocultos o públicos, da lo mismo.

Los ricos seguirán su juego y los políticos intentarán convencer a los tontos de darles su voto pues con ellos tendrán agua, caminos y escuelas, las mismas que con ellos no tienen hoy, ni buenas ni baratas.

Pero ya nada es igual, el exilio probó sus fuerzas contra su mayor enemigo: la firmeza un pueblo entero y atacó la raíz de la sociedad americana: la familia y el respeto a la ley. Como resultado podemos ver a su trasluz, transparentes y como el rey desnudo del cuento.

Más allá de sus vociferantes emisoras y gacetilleros de periódicos coloreados, queda la verdad: no son más que un patético grupo de frustrados condenados por la historia. Tuvieron su minuto en el polígono de la política imperial, ahora no son más que un estorbo y apestan a rancio, a senil, a barato.

Hay un nuevo amanecer en Miami, la saga de Elián sirvió para algo. Del sufrimiento y el sacrificio de los justos surge la esperanza y como mismo esta familia recupera su felicidad, también por encima del insensato odio cultivado, el egoísmo ciego de algunos y los intereses políticos de los poderosos, la familia cubana se une cada día más. Es una nueva era de esperanza, el mundo se abre a Cuba y

con ella, a todos nosotros en esta ciénaga de la angustia.

LNC Abril de 2000

PRIMAVERA DE ODIO

El caso de Elián González, si de volver a la anécdota se trata, se limitaría a la historia de otro balserito más, de otro inocente atraído por los cantos de sirena a esta ciénaga de la angustia que es el exilio cubano. Pero esta vez va más allá del simple cintillo noticioso, de la crónica malvada de tantos gacetilleros interesados en sus cinco minutos de escenario.

Esta primavera, como aquella de 1961, trae otra derrota tan descomunal como Playa Girón, pero en esta ocasión de fieras descarnadas contra un inocente un pequeño que ha logrado unir, por primera vez en cuatro décadas, las conciencias y sentimientos verdaderos de la desgarrada familia cubana, atrayendo el apoyo de cientos de miles de norteamericanos.

No podemos culpar a las fieras de sus sentimientos, ni de sus colmillos o sus instintos sanguinarios, pero sí a las hienas humanas de su repulsiva costumbre de ensañarse en los débiles, de atacar en manadas a los desvalidos. Esta vez les salió el tiro por la culata: Cuba no olvida a los suyos, no abandona a sus hijos.

Ahora andan ajetreados tratando de ganar tiempo y posiciones dentro de las entrañas del poder en Washington, en este forcejeo que sólo tiene un objetivo: más dinero para los políticos -no tanto como solía haber- al menos donde no alcanzarán votos, se irán con la cartera repleta. Mal final para un desprestigiado Presidente, otro puntillazo a un desalentado Partido.

El plan es el mismo. Basado en su cipayismo y amoralidad raigal, estos mafiosos -con perdón de los italianos que respetan tanto la familia y las tradiciones-, continúan en su línea de comprar conciencias, de presionar para buscar tener a tiro en el patio al padre de Elián González y su familia, buscando el precio del honor. Y si no lo logran, entonces será la amenaza, la coacción, o el chantaje utilizando a su propio hijo.

Los contactos, conciliábulos y conversaciones de alcahuetas siguen en el lleva-y-trae entre Miami y Washington. Provocaciones e inventos no faltan, como las manifestaciones frente a la Oficina de Intereses de Washington: otro intento de desviar la atención, que no será el último, mientras se ultiman detalles del objetivo principal: retener al niño, a su familia y en última instancia, mantenerlos aquí por las buenas o por las malas.

El pretexto ahora es "unir a la familia" en terreno neutral. ¡Oh, sí! ¿Cómo el de las monjas cuando vinieron las abuelitas y se reunieron con Elián en Miami Beach? Que pronto cambiaron de idea las "inocentes monjitas" cuando sonaron las treinta monedas. No hay terreno seguro en la ciénaga, no hay cercanía posible con la hiena en su redil.

Las tácticas de deméritos como éstos no son nuevas: calumniar y desprestigiar, atraer a los mansos y atacar a mansalva. Pero esta vez son descubiertos al sol. Demasiados años de sufrimientos y traiciones hemos soportado para pensar que volveremos a caer en la misma trampa de confiar en sus falsas promesas de bien.

Si algo florece en primavera es la belleza, es la luz, es el canto de los niños en sus mañanas de azules, Elián volverá a los suyos, a su escuela, sus amigos, su familia y con él, acortaremos la distancia de la unión, de la otrora insalvable distancia, porque a pesar del fanatismo y el odio ciego, dónde único ondea a plenitud tu bandera es en el descanso de tus muertos, es en la patria de todos.

LNC Abril de 2000

PROBANDO LA ESPERANZA

No hay nada más hermoso para un padre que ver a su hijo dar sus primeros pasos, poder contemplarlo sano y feliz, jugar al aire libre de las veredas, escuchar los gratos sonidos de su sueño pleno, verlo batallar con sus primeros cordones, disfrutar el sobresalto de sus patines.

Es por ello que entiendo plenamente a Juan Miguel, su emoción y fortaleza, sus lágrimas de rabia, el esplendor de felicidad al reunirse con su pequeño.

A veces mis amigos me dicen que pienso en cubano, olvido el inglés, no saboreo lo extraño, ni comparto las ansias fugaces del continente. Tal vez la isla se lleva más adentro de lo que imaginas, las banderas en patio ajeno son trapos de colores, la música es ruido..., ¡hombre!, ni las mulatas se ven reales.

Allá tal vez no se nota el cambio, no se ve al país, como un niño, despertando a hombre por días, el pulso de lo nuevo evolucionar por minutos. Es cierto, se ha sufrido mucho, se ha puesto a prueba la esperanza, tal vez pensamos más en lo cotidiano y engavetamos los sueños, para mejores tiempos.

Los amigos te preguntan tímidos, cuando compartimos su portal en los sillones del atardecer habanero y confrontan contigo la alegría de que tanto entonces como hoy valían la pena, como el fruto vigoroso y sangriento del parto terrible. Pero es ahí, desempolvando papeles, expurgando los sentimientos con los dedos que volvemos a pensar en futuro, somos de nueve, cada vez más, nosotros mismos.

Ellos, los que se dicen enemigos, siguen sin ser tan fuertes como quisieran, o como dicen. Rodeados de oro y egoísmo, vacíos en su ambición desconfían hasta de los suyos: ¿cómo entonces pudieran ser compasivos con los ajenos?

Miami es un pueblo donde te duermes en la angustia y despiertas en Cuba. Cada cual tiene su pedacito de tierra para guiarlo en la mañana. Tomeguines, flores amarillas, caracoles, jicoteas, negritas de trapo, cotorras..., cuanta cosa puede ayudarte a mantenerte dormido, soñando despierto que volviste a lo tuyo, esperando a la noche para recorrer tus veredas, con los que ya no están.

Ahora los sietemesinos andan aquí, recorriendo las cuatro esquinas del pantano, acumulando oro, pensando en comprar conciencias, vestirse de lucecitas de colores, empolvándose de caras nuevas los odios viejos, tocando a todas las puertas para cobrar favores y coimas.

Pero de nada les servirá, no se puede tapar la pasión de un pueblo. Su siembra nueva de cuarenta años, sus retoños de alegría, su amor a la vida.

Sólo me duelen los balseros, aferrados a El Dorado de la visa para un sueño que para ellos es más terrible pues no huyen de la miseria, de la soledad, de la falta de futuro. Caen sin regreso en la mentira terrible de esta ciudad de cartón piedra, de cercas y barras, de odio y alarde.

No son sólo los del barco, también en los aviones vienen con sus caras de ansia, buscando como las mariposas la luz, quemándose las alas desde el aire viciado del avión, cuando entran en esta gran mentira del exilio dorado, atravesando las miradas de lástima de los primeros.

No sé el nombre de este pajarito desesperado que canta en mi ventana toda la madrugada, rompiéndose de amor los pulmones. Ya hasta mi perro se cansó de ladrarle, ahora duerme atravesado en mi puerta, en la madrugada asfixiante del pantano. La angustia es aquí algo tan cotidiano como el calor.

A veces me detengo y lo escucho, para mí es un sinsonte, como para el viejito que vende café al otro lado del río, en Hialeah, los dólares siguen siendo pesos, o para la rubia cartera de mi cuadra el piropo del vecino sigue siendo extraño, aun cuando intento traducirle sus requiebros.

Mi bandera está llena de ellos, son pequeños panales que llena mi gente, con sus alegrías y felicidades, sus dolores y adversidades. Ellos son mucho más que el trapo colorido que agitan los sietemesinos, ninguna mella pueden hacerle los alaridos desaforados de sus mentiras malvadas.

En el verde paisaje de mi isla, ondean millones de alegrías y lágrimas, pues patria somos todos y cada uno de ellos. Perdóname pajarito azul, te llamo sinsonte porque cantas como los de mi tierra... y en verdad, el ondear de caderas de mi cartera rubia, tiene mucho más de mulata que su acento norteño.

Uno esconde sus sueños detrás de cada esquina, es la mejor forma de seguir el camino y esquivar a la nostalgia.

LNC Mayo de 2000

To be or not to be

Parecería ser que el voto latino hará impresión en la contienda electoral nacional de este año. Tal vez no apoyando a un candidato demócrata en la misma forma en que lo hicimos con Clinton, pero sí el incremento se hará notar al igual que en la pasada campaña en estados como Texas, California y la Florida.

Muchos interesados en la prensa y los comités de acción política pretenden arrimar la brasa a su sartén con sus propias excusas para recibir apoyo, pero lo cierto es que no se ha tocado ni al uno por ciento de los posibles electores en las comunidades latinas.

En el caso específico del sur de la Florida los mitos se diluyen en cuanto a la «monolítica» y «ultra conservador» comunidad cubana, cuando vemos la realidad de apenas 800 mil votantes en un área que reúne a tres millones de habitantes y un cálculo conservador de más de 300 mil personas que no se han inscrito para votar.

Las maquinarias políticas tradicionales en las comunidades y ciudades de esta parte del país basan su fuerza en las cantidades de dinero y el control de la prensa, tanto grande como mediana o pequeña, abrumada por los millones de dólares, no sólo dirigidos a campañas abiertas y legales, sino al chantaje y el soborno de periodistas y editores.

Es práctica común el reparto de los «cartuchos» llenos de dinero entre los «influyentes» comentaristas de la radio local, el surgimiento de tabloides que sólo se publican en etapa electoral y la activación de los «bancos de llamadas», abrumando las líneas de las emisoras de radio apoyando o atacando, según el mejor postor.

Una de las cartas más jugadas en estos tiempos por los políticos es la desesperanza y la frustración. La imagen de que no es posible ir contra la maquinaria multimillonaria de la industria política-informativa, o de que el voto del ciudadano honesto no puede hacer la diferencia, es explotada constantemente en los diferentes medios de información.

Si tomamos en cuenta que éste año solamente, más de seis millones de latinos se espera que voten -el año pasado fueron 4.9 millones-, lo cual representa apenas el 5.4 por ciento de los votantes del país, vemos que no somos una carta decisiva en el panorama general, pero sí en algunos estados donde nuestra presencia es mayoritaria.

Es por tanto clave no solamente informarnos debidamente de cuáles son los temas de campaña de los diferentes candidatos y hacia dónde marchan sus intenciones, puesto que una cosa es de novios y otra de casados. Las promesas electorales no siempre se cumplen y los problemas se mantienen en nuestras comunidades.

Temas como inmigración, calidad de la educación, empleo para los jóvenes, crimen, servicios sociales y otros, no deben ser solamente propaganda de campaña, sino plataformas de partidos y candidatos con aplicación real, que ya han tenido tiempo suficiente para aplicar muchos de sus mismos colegas de la misma afiliación y han fallado en demostrar en la realidad, sus promesas de campaña.

Las amargas experiencias con los «prometedores» jóvenes, o «experimentados» políticos, con la agitación del trapo étnico y las referencias a nuestros países de origen, deben servirnos a la hora de evaluar por quién votaremos y no dejarnos confundir por los programas radiales, los panfletos disfrazados de periódicos, o los colores de la gran prensa y televisión pagados por encima o por debajo de la mesa para convencer a los tontos.

La campaña electoral para la presidencia de los Estados Unidos nos toca a todos y es hora para muchos de abrir las maletas y pensar que las referencias a nuestros países de origen no es más que un truco para envolver a los crédulos. Nuestro dinero de impuestos y el futuro de nuestros hijos van a estar en manos de las decisiones que éstos candidatos y sus influyentes patrocinadores tomen.

Es hora de votar, pero conscientemente, escogiendo a los mejores. Es hora de tomar el control de nuestras vidas y defender a nuestras familias. Pensemos en futuro.

LNC Mayo de 2000

EL GENOMA HUMANO

La comprensión del genoma humano ha alcanzado su primera meta. Los científicos han conseguido descifrar un 90% de la secuencia de unos 3,000 millones de letras que componen el inmenso texto contenido en los 23 pares de cromosomas que se encuentran en el núcleo de todas y cada una de nuestras células aunque quedan todavía lagunas e imprecisiones que se espera corregir para el año 2003.

El anuncio lo hicieron conjuntamente el consorcio público Proyecto Genoma Humano, que lleva 10 años coordinando la investigación realizada en varios laboratorios del mundo, especialmente en Estados Unidos y el Reino Unido, y la empresa PE Celera Genomics, que irrumpió tan sólo hace dos años con un método de secuenciación inicialmente controvertido, pero más rápido y que necesita apoyarse en los datos publicados por su competidor.

El objetivo del proyecto financiado con fondos públicos es poner sus resultados a disposición de todos los investigadores interesados, mientras que el de la empresa privada es rentabilizar la inversión realizada, para lo cual necesita vender sus resultados, y no distribuirlos libremente.

Parece, no obstante, que la fuente principal de ingresos no será la secuencia en bruto, sino el uso de sus potentes herramientas informáticas para extraer de ella información útil. El acuerdo de hacer el anuncio conjuntamente supone una tregua en la áspera controversia que los enfrenta, y culmina una larga negociación sobre las modalidades de acceso a los datos obtenidos por ambos consorcios, pero no aclara en qué condiciones serán accesibles los resultados de Celera Genomics.

Clinton y Blair han participado también en la ceremonia del anuncio para subrayar la importancia que conceden al proyecto. Ya en marzo pasado, ambos mandatarios realizaron un llamamiento conjunto a las instituciones involucradas para que abrieran sus resultados a toda la comunidad científica, dada su trascendencia. Y así debe ser para que sea la humanidad en su conjunto la que se aproveche de estos avances y no cree nuevas divisiones entre los ricos en genética humana y los que no tienen acceso a esta ciencia.

El genoma contiene, en forma de unas decenas de miles de genes, el conjunto de instrucciones que hacen que una célula embrionaria, por divisiones y diferenciaciones sucesivas, dé lugar a un ser vivo, a un ser humano en este caso, con su infinita complejidad.

En ese libro de instrucciones se encuentran las particularidades de nuestra especie y también aquellas con las que nace cada ser humano, incluidas la propensión o la seguridad de contraer determinadas enfermedades. Las perspectivas que se abren para el diseño de fármacos adaptados a cada individuo o para el tratamiento de patologías de origen genético son ilimitadas y eran impensables hace tan sólo unos años, como lo son también las posibles terapias génicas que corrijan las instrucciones defectuosas o que modifiquen nuestra dotación genética.

Este punto ha suscitado justificada preocupación por sus repercusiones éticas, Aunque muchos de los problemas planteados no sean nuevos, su dimensión en este nuevo contexto hace obligatorio que el avance científico sea simultáneo al de las normas y limitaciones que deben regir la manipulación genética que afecta a la carga humana.

Pero si la trascendencia de estos descubrimientos es innegable, tampoco conviene exagerar su impacto inmediato. Primero habrá que identificar la totalidad de los genes contenidos en la secuencia, cosa de la que se está todavía algo lejos.

Luego habrá que averiguar lo que hace cada gen, sus interacciones con otros genes y con el medio celular, las moléculas que generan y su papel en la complicada química de los seres vivos. Y, por último, habrá que diseñar las posibles aplicaciones terapéuticas que se deriven de tal conocimiento.

En unos pocos casos se ha completado el proceso, pero en la inmensa mayoría de los genes es un trabajo que llevará décadas completar. De todas formas, el anuncio realizado constituye un inmenso avance en el conocimiento de nosotros mismos como seres vivos, y las posibilidades que abre son de tal envergadura que su despliegue requerirá de la máxima prudencia, a la vez que incita toda la curiosidad, que es uno de los rasgos probablemente definidos en la secuencia genética del ser humano.

El afán de saber ha marcado un nuevo hito en nuestro propio ser. Hay que continuar el trabajo iniciado y aprender a aplicar sus resultados. Adentrarse en el la vida del ser humano está siendo una aventura apasionante.

LNC Junio de 2000

RAZÓN CON DERECHO

El policía se veía flamante en fa esquina, enfundado en su uniforme gris-azul. Una estampa nítida de limpieza en contraste con la pared de roca a sus espaldas bajo el inmenso laurel, el único lugar sombreado en el cristal líquido de la mañana sofocante de la Habana en estos días. Tres niños dejaron de jugar cuando me vieron acercármele.

-Buenos días. ¿En qué le puedo ayudar? -me dijo y esperó cortés a que recuperara el aliento de subir las empinadas avenidas (¿calles?) del Vedado en flor.

-Sólo una pregunta -fe dije- ajustándome mis escurridizos espejuelos: ¿quién protege los derechos humanos de los ciudadanos en Cuba?

No se trataba de una provocación, ni así lo tomó el cortés oficial de la policía cubana, aunque se mostró interesado y curioso por mis preguntas, las mismas que he repetido a personalidades, funcionarios y gente de pueblo en mis últimos meses de constantes visitas a la isla, donde el mismo tema vuelve una y otra vez a mi agenda

La terrible situación económica atravesada por el pueblo cubano a principios de la década de los 80, donde todo el mundo apostaba al derrumbe, probó lo acertado de la teoría de resistir, sin la cual no sólo los de la isla hubieran perecido ante la voracidad imperialista, sino todos los desperdigados por el mundo, volveríamos a ser otro grupito más de inmigrantes, provenientes de una de tantas repúblicas bananeras.

Pero tuvo sus consecuencias y una de las más indelebles ha sido el nivel de indisciplina social, alcoholismo y fascinación por la vitrina extranjera que marcaron a una generación de cubanos, aparentemente sin derrotero ante la hoy superada deserción de profesores y maestros en la búsqueda de profesiones más lucrativas en una época de supervivencia.

Cuba tiene hoy males de país desarrollado, mientras despereza sus fuerzas amordazadas a causa de la soledad económica de un quinquenio terrible. El estrés, el alcoholismo y el tabaquismo, la pérdida de valores -con consecuencias como la prostitución y la temible promiscuidad sexual- son temas europeos, ahora presentes, en la sociedad cubana.

De todo puede culparse a los problemas económicos, pero los miles de desocupados en las calles de una capital con serios problemas de limpieza, reparación de calles y raterismo, no son precisamente a-causa-de la falta de trabajo o recursos, sino consecuencia-de la falta de control social y la escasa educación formal imperante en las calles habaneras.

Muchos de estos vagos son integrantes de la llamada *industria de la tía* en la cual se sigue el sencillo método de escribir o llamar por teléfono -a pagar allá por supuesto- a un familiar en los Estados Unidos para que lleguen los socorridos cien dólares que mantendrán la dulce vida hasta que dure la tía. No incluyo aquí el lucrativo negocio de la disidencia o la llamada prensa independiente, eso sería otra historia.

Otro punto es el hecho de que la inercia en responder a estos problemas se basa en nuestra tradición nacional de atender más a la opinión ajena que a la realidad propia: nos preocupa primero la crítica de un periódico de Dinamarca que proteger los derechos de las jóvenes trabajadoras para quienes es cotidiana la aventura de atravesar el cerco de borrachos y *malandros* que posee las esquinas de sus propios barrios.

Nadie defiende los derechos de los habitantes de comunidades pobres en los Estados Unidos, donde no sólo los taxistas se niegan a entrar, sino las propias ambulancias y hasta la policía demora en responder las llamadas de emergencia, esperando a que los tiros se aplaquen. Eso no es titular de la gran prensa norteamericana o europea.

Recuerdo al respecto una conversación con una holandesa del Comité de Protección de Periodistas de Nueva York, a quién llamaba la atención sobre los constantes ataques, agresiones físicas y amenazas a colegas en Miami, y me respondió: "estos son los Estados Unidos, esas cosas no pasan aquí" -y agregó. "Dígame algo sobre problemas en Cuba. Eso sí nos interesa".

Tal vez le hubieran interesado los espectáculos y borracheras en el aeropuerto internacional de La Habana, protagonizados por las despedidas de los parientes *marimberos* provenientes de Miami, los mismos lumpen que nunca pudieron obtener una visa para emigrar a Estados Unidos y hoy campean en nuestras calles gracias a la Ley de Ajuste Cubano, que les permite comprar un pasaje en una lancha rápida y ser admitidos sin el humillante procesamiento al cual se someten todos los inmigrantes legales en este país.

No creo que en una sociedad estructurada desde el nivel de cuadra como la cubana, con su sistema de delegados al Poder Popular desde los barrios y diferentes organizaciones sociales, sea imposible identificar a los vagos y antisociales, darles una escoba y una pala y organizarlos para eliminar los males al tráfico y la higiene pública, problemas de los cuales también son parte.

Recuerdo la forma en que el policía cubano movió la cabeza y sonrió ante mis argumentos: "No tenemos instrucciones al respecto", me dijo mientras de alejaba, y deteniéndose me dijo moviendo la mano en un gesto de saludo: "Tal vez usted sea más extremista de lo que nos acusan a nosotros".

Tal vez, es posible que sea la costumbre de ver la represión descarnada del sistema capitalista norteamericano ante quien se aparta de sus normas y sobre todo de quien intenta afectar los privilegios de los poderosos. Pero es en primer lugar, el sentimiento de un inmigrante que quiere lo mejor para su país y ve cómo hoy, la verdadera juventud cubana es bien capaz de no mendigar favores sino de construir derechos. Ellos tienen un destino bien definido, será hora de clarearles el camino de obstáculos innecesarios.

LNC Junio de 2000

Abajo el que suba

La frase no es nuestra, viene de Panamá, dizque la dijo el general Omar Torrijos cuando lo recibían mal en su pueblo natal, por el cual tanto hizo, por aquello del espíritu de contradicción de nosotros, los latinos y lo mal agradecidos que somos en ocasiones, pues tal vez por lo de los complejos. ¡Vaya usted a saber!

Nadie es profeta en su tierra y en nuestros países de clima tropical los monumentos a los hombres duran menos que los paraguas en días de lluvia, siempre se pierden, son algo así como los libros que prestas. Nunca regresan. O como los amigos a quienes prestas...

La frase viene a la mente con los ataques recientes a nuestro periódico, pues ya vamos para año y medio lo cual evidentemente no les agrada a algunos, tal vez porque, les hemos hecho perder cara a quienes apostaron al pronto fracaso, a la venta de nuestros ideales, o se equivocaron en las predicciones de quienes nos baqueaban. « ¿Quien estará detrás de estos locos...»?

El desprecio por Cuba, por su Revolución y por su pueblo traspasa las fronteras de la lógica y llega a los extremos irracionales de infectar a quienes se dicen de izquierda o sus defensores, aplican a quienes fuimos educados en la isla el mismo rasero de quienes dicen ser enemigos, los corifeos en contra de todo lo que huela a pueblo.

Por tanto si viniste después que ellos, o sencillamente no tienes los veinte o treinta o cuarenta años de exilio que ostentan, pues no vales nada. Tu educación de *universidad de allá* no es suficiente; las ideas que ostentas *no son firmes*, sencillamente *tratas de abrirte la puerta*. ¿A dónde diríamos?

Como dice el refranero popular *los de aquí te quieren matar y los de allá te andan buscando*. Aunque pudiera ser viceversa, pues muchos de tos desertores hoy, fueron ayer quienes cometieron los mayores desmanes hasta que la Revolución los descubrió o lo que es peor, quieren seguir las mismas tropelías contra su propia gente en esta orilla.

La falta de coherencia en muchos casos de quienes dicen apoyar a Cuba en esta parte del canal, está en su coincidencia con otros que en la estampida corrieron junto con ellos -tal vez por distintas causas, quien sabe- y se alimentaron del mismo plato en diversos momentos de su vida en este pantano.

Hoy en día unos se dicen de acá y otros de allá, pero muchas veces -con sus honrosas excepciones- se diferencian más en la fuente del salario que devengan, que debido a la acera en que se situaron. Pero siempre coinciden en su *cipayismo*: nada puede pasar sin los americanos, si no levantan el embargo no habrá país, sin su turismo y sus dólares no seremos nada.

¿Y qué ha hecho hasta ahora el pueblo cubano? Construir un país a pesar de todas las amenazas y agresiones de cuarenta años. Enfrentar un cerco terrible por casi media década, sin apoyo de nadie, sin que flaqueara la esperanza. Eso no es suficiente, se necesita el permiso para vivir de los yanquis para ser gente.

114

Nuestro periódico sigue, como seguirá adelante la nación cubana, a pesar de *pitonisos* de café amargo y patillas teñidas, a pesar de *sietemesinos* de manicurada barba, de, asexuales *quinceañeras-forever*, a pesar de los pesares, y sobre todo, a pesar de este pantano amargo y angustioso donde nos pudrimos en vida.

No señores, no dependemos de capitales magnánimos, ni de prohombres augustos, de gobiernos foráneos o locales, de manos oscuras bajo la mesa, ni siquiera de politiqueros avezados, buscando el nuevo rumbo de los tiempos. Tampoco de una industria de viajes que esquilma el sentimiento y la separación de la familia cubana, sino de los anuncios de quienes son más familia que comerciantes, más honorables que *mentados* millonarios, más patriotas que los que viven buscando el ojo de la cámara...

Están además las contribuciones de nuestros subscriptores, quienes dólar a dólar nos permiten nuestros desvelos, o de los voluntarios que preparan los periódicos para el correo, hacen las mil y una tareas de una organización compleja y profesional, cuyos nombres no firmarán artículos ni fotos, pero son el esqueleto de la obra, su músculo y vigor.

Pero ustedes no conciben eso. Se necesita respeto, comprensión de que este trabajo es parte del tributo de admiración por el coraje y la fortaleza de un pueblo, gracias al cual todos nosotros, perdidos en este inmenso país, somos respetados como cubanos, como minoría perdida en el océano multicolor de inmigrantes que constituye la nación americana.

Si no quieren, o no pueden participar, apártense, déjennos trabajar y no busquen excusas para la mala sangre, no sonrían de frente y tiren a la basura los ejemplares que con tanto amor y dedicación se preparan, distribuyen y hacen llegar a sus oficinas y negocios.

A los que se dicen enemigos los conocemos, pero no hay nada más temblé que la desidia rencorosa del frustrado, tratando de aparentar lo que no es, será o tuvo en sus años de persona.

Pudiéramos decir millones de frases famosas, recordar de lecturas inolvidables de tantos hombres que lo dieron todo por los suyos, con sus defectos y amores, sus éxitos y días negros, pero prefiero a la poeta enamorada, inmensa en su playa desierta: y *con esa piedad casi de nube* decirles: *¡Caballeros, el que nace pa' real, jamás llega a peseta!*

LNC Junio de 2000

El necio encanto
del marchito exilio

Como los cómicos de segunda mano, todos a una posaron ante la cámara, unos arrogantes, otros lagrimeando con voz entrecortada y mano fácil, otra en su postura de aspirante a vedette, los empolvados leguleyos, las sicólogas de papelillos: *la comedia e finita*. Sin el rehén no son nadie. Solamente otra *troupe* de malévolos y descascarados saltimbanquis.

La verdad siempre se impone y ante el despojo de lo que fuera el retén de la familia González de Little Havana hoy se desgajan al sol implacable del pantano las flores de papel, los trapos multicolores, los cartelones y las propias ancianas beatas, sin iglesia ni vida por atender, se derriten en el calor inclemente, incapaces de merecer un *polaroid* de gracia.

Durante años, el tumor arrancado a la isla por la furia revolucionaria se enraizó en el continente, sin llegar a incorporarse del todo al torrente de la sociedad norteamericana, dependiendo en este rincón del imperio de la explotación de los suyos, exhortando a la deserción para crecer sus fuentes, engañando a los sietemesinos para tener carne fresca donde subsistir.

Pero no es posible embaucar a todo el mundo todo el tiempo. Elián González es un niño predestinado. Uno de los nuevos, engendrado en un mundo diferente, donde no hay millones de piezas de plástico multicolores para sobornar a la tristeza, donde el abandono y la miseria no se disfrazan de verde, donde el azul y rojo de patria es distintivo de los buenos.

Esa patria se alzó toda una en defensa del pequeño, pero no nos engañemos, no sólo por él cantan los trovadores, desfilan los campesinos, alzan su voz los obreros, arrullan las madres a los tiernos y tientan las bayonetas los soldados.

Es por todos nosotros que ese torrente inmenso bordea el agua erizada, el canal profundo, el gran río azul donde yacen los huesos de miles engatusados por los cantos de sirena, el mismo que hoy endulzan con sus lágrimas de añoranza, quienes rasguñan a la vida en esta otra orilla gotas de sangre para comprar un pasaje a su vereda de tomeguín y caña, de callejón y palma, de tonada y piel mulata.

No es por Elián que cantamos hoy, quienes vemos la muralla de mentiras y maldad desmigajarse, la alegría de un niño brillar por encima de alambradas y soberbia, los cantos de futuro correr por los céspedes de plástico de la capital del imperio. Elián regresará a casa con los suyos, pues tiene los talismanes que los Orishas ponen para marcar a los nuestros: la estampa del bueno en la camisa para proteger de daño al corazón, el azul cielo como collar a su inocencia.

Mi bisabuelo mambí solía tocar la tierra fértil del Cacahual y conversar, pequeño y firme en su guayabera alba con sus muertos queridos. Su machete acerado no está conmigo aquí, en el pantano, reluce en los ojos admirados de los Elianes en su pueblito polvoriento al pie del Escambray, en un museo, con sus polainas y medallas.

Pero aquí, viejito querido, en ese mismo azul que sembraste en mi camisa, arde cada día en la esperanza, siempre más fuerte ante la verde maldad de la avaricia.

¡Gracias Cuba por tus hijos, gracias patria por tu pasión!

LNC Junio de 2000

EXILIUM TREMENS

En pleno período electoral, los vociferantes ocupan los estrados, estudios de radio y televisión y cuanto podio puedan encontrar para su cantinela: apoye a mi candidato, apóyeme a mí, miren que familia más linda tengo... Riegan dinero juntado con la venta de almas, su reflejo en cientos de papeles y pasquines.

En el país donde todo se vende al mejor postor, reaparecen esposas latinas y aran los barrios jueces y doctores: es increíble, quienes debieran ser imparciales defensores de la justicia, mendigando en las esquinas otras treinta monedas para pagar flatulentos "publicistas" de moda y sobornar a los papagayos de la radio.

Los comerciantes no dan abasto, barriendo sus negocios de propaganda contra o a favor de alguien. Las hay de todos los colores, gris, negra y hasta blanca, mencionando favorablemente al candidato tal, pero con la mala sangre de confundir en contra de *mascual.*

En Miami, cual hornada genética de nuevo corte, la contienda se centra en los ancianos cubanos. Creados y diseñados como votantes por la industria político-informativa del grupo del "exilio histórico" que controla y saquea el sur de la Florida, se convirtieron en ciudadanos para votar por los candidatos de esa industria.

Como en los viejos tiempos en nuestros países, donde se robaban urnas, se compraban cédulas y los sargentos políticos mangoneaban, sacándose del sombrero candidatos y políticos, hoy esta manada, adoctrinada por la radio de Coral Way y atontada por los cantos de sirena de tantos y tantos politiqueros, vota a discreción.

Las "tres torres del poder", centros de apartamentos para ancianos donde se concentran miles de votantes cubanos americanos, son los campos de caza de estos modernizados matarifes de la política, adaptados rápidamente a la sociedad norteamericana.

Por supuesto que los latinos no inventamos la corrupción. Largo tiempo atrás en este país ha funcionado muy bien para los grupos de poder y una muestra eficiente es la institución del cabildeo o *lobismo*, forma de chantaje y soborno legalizado que asombra y aquea al mundo.

En el caso de la comunidad cubana, la teoría del miedo al negro, institucionalizada durante las primeras décadas del siglo para controlar al pueblo norteamericano atrapado en las miserias de la recesión económica, se transfiguró por la demonización de la figura de Fidel Castro.

El cartel de comunista y las amenazas no siempre de palabra, permitieron acallar a todo el que se enfrentara al poder maldito de esta maquinaria, la cual hasta hoy ha saqueado y desangrado al sur de la Florida, donde cientos de familias emigran cada año hacía el norte, buscando un respiro ante los asfixiantes impuestos y el desbarajuste de los servicios públicos ante la corrupción descontrolada en las alcaldías donde todo alcalde, edil o concejal latino es de origen cubano.

Pero el circo continúa, de uno y otro lado se agitan las banderolas de colores de quienes pretenden ser contendientes por tal o aquel puesto u posición política y al final son la misma cosa: aprovechados personajillos tratando de escalar un puesto para saquear el dinero público, regando a manos llenas entre papagayos de la radio, gacetilleros de mil y un tabloides sin espinazo, y sargentos políticos de celular, las treinta monedas con que vendieron su alma a los poderosos.

Todo se vende y se mancha en este desvencijado y canijo "exilio" de cuarenta años. A las orillas de esta ciénaga angustiosa vienen a carenar sietemesinos y bandidos, rameras y beatas, inocentes y culpables. Al final todos terminamos siendo los mismos renegados de la dignidad, los atenuadores del desastre desangrándonos para alimentar rufianes, revolcándonos en nuestros rencores, justificando el pecado con el pretexto del grito.

Nadie escapa a la maldición del güije, ni es libre lejos de su trillo y verde valle. Todos somos culpables y lo seguiremos siendo como parte del juego mirando al otro lado, aferrados a los papeles verdes de la injusticia, encogiéndonos de miedo en los rincones, en el trueque de postergar el amor.

Como dijera el loco sublime, atado a su cruz de papel: "*perdónalos señor que se hacen los que no saben lo que hacen...*".

El deber ante la vida es nuestro, por nuestros hijos y por los débiles, por encima de culpas y reproches, pues nunca serán suficientes todos los papeles verdes del mundo para comprar un alma.

LNC Agosto de 2000

LA FATIGA DEL VERBO

"No es fácil", -fue la expresión del joven aduanero cubano ante mi ajetreo de cámaras, el jolongo de la computadora, esa estrábica maleta de viaje y la jaba de revistas de última hora de los carísimos estanquillos del aeropuerto de Miami: el mejor regalo para mis ex-colegas de la prensa cubana.

De veras que no lo es y mucho menos entender el fresco léxico, aún para quienes faltan de la isla unos años, o en mi caso, unas semanas. El oído melódico del Caribe sintoniza ávido las nuevas frases y muchas veces entendemos por la misma contradicción de términos en que se construye.

Lo que sí es fácil para los cubano americanos es adaptarse, más que al clima y la falta de comodidades -sobre todo a la procaz agua de La Habana, terrible en estómagos bitongos-, a la realidad aunque esté años luz de su educación y ambiente. Más que los lemas pedregosos de la propaganda, a la familiar habla cálida de la calle.

Una muestra al pasar pudiera ser el caso Elián González. La fisura en la fachada oficial sobre la comunidad cubana en los Estados Unidos, floreció temprano ante el secuestro del niño en Little Havana, con la admisión de que era una mafia anticubana atacando al pueblo y no todos los de Miami.

Tanto es así que las voces de periodistas exiliados, como pudiera ser mi caso, fueron aceptadas por primera vez en las ondas de emisoras oficiales, e inclusive periódicos nacionales buscaron artículos y crónicas nuestras. Tal vez no todo emigrado era enemigo, dejamos de ser gusanos y no-personas, o mejor billeteras andantes, para volver como hermanos, amigos y vecinos.

En la práctica, luego de los terribles 90, cuando casi se paralizó el país por el derrumbe del campo socialista y el corte de los subsidios, la ayuda familiar constituyó el soporte vital de la economía, retoñando en el proceso las raíces del rencuentro, sobre todo con los exiliados cuando y después del Mariel.

Al otro lado del canal, aquí, el proceso Elián desnudó al auto titulado exilio histórico, acorralando a sus gritones más avezados, empelotando a quienes esquilmaron a una comunidad tras la pantalla de su lucha por la libertad, la cual al fin el Gobierno y las instituciones norteamericanas primero y sus propios seguidores, después, develaron como una batalla mercenaria por sus privilegios.

En ambas orillas, luego de la polvareda, quedamos tan cerca que los alientos se tocan, sólo cubanos unos frente a otros, esta vez sin la excusa de cohetes rusos, alpargatas gallegas o crujiente *corn flake*. No hay nada como la cercanía alelante del mito para diluirlo en su realidad de barro: quedamos nosotros mismos.

De este lado aúllan mentecatos y serviles apuntalando la muralla de mentiras, deshaciéndose al sol de 40 años de historia ajena, del otro, la quimera de una amenaza. Envejecido y desmenuzado en las barreras a ese exilio sólo lo heredan sus hienas políticas, más dadas a los despojos locales de condados y ciudades que a la trabajosa conquista de la isla prometida.

Ahora en La Habana, ante la fiesta revolucionaria del 26 vienen las voces de la emigración. De
todos los rincones llegan cubanos, ahora invitados
y escuchados ante la ola de los nuevos tiempos, pero aún existe el temor del hijo pródigo, no todos
participan, hay quienes, pusilánimes y fatuos en-
tonan los cantos de los batistianos, olorosos a gaveta y resquemor.

En Miami se ajetrean las hienas políticas para las
nuevas elecciones, reparten dinero a manos llenas
entre los gritones de Coral Way y los profesionales
de la crisis tocan puertas augustas y contratan
gringos para rellenar sus arcas y seguir su carga
contra los mentecatos: las hienas no cambian de
sudor.

El futuro está en los nuevos, tal vez no muy a
nuestro gusto, trasnochado y senil. Estamos demasiado habituados a odiar, ya no reconocemos a la
alegría, la espera nos ha hecho perversos, cansados
de dejar pasar la vida por un mañana que no nos
pertenece, se fue con nuestros hijos, el pueblito
polvoriento, los huesos olvidados en campos santos
tragados por la caña.

Dentro de la isla hay voces nuevas, tal vez demasiado morenas para algunos, altas, fuertes y con-
vencidas, en una realidad extraña de cuarenta
años. Pero se abren paso, y por encima de oropeles
y cascarilla, de afeites y rufianes, sobrepasará a
las hienas y pondrá al pueblo en la palestra. Cuba
es libre, sino de ellos, ya de nosotros mismos.

LNC Agosto de 2000

Este libro es el segundo de una trilogía,
la cual incluye *Al Sonido de Mi Mismo* y
Rehenes del Odio.
Junio de 2006

Postal Office Box 14-0253
Coral Gables, FL 33114-0253